U0939307

闺蜜

艾明雅 著

译林出版社

图书在版编目（CIP）数据

闺蜜／艾明雅著．—南京：译林出版社，2014.2
ISBN 978-7-5447-4631-1

Ⅰ.①闺… Ⅱ.①艾… Ⅲ.①随笔－作品集－中国－当代
Ⅳ.①I267.1

中国版本图书馆CIP数据核字（2013）第257756号

书　　名　闺蜜
作　　者　艾明雅
责任编辑　王振华
特约编辑　华　丹
出版发行　凤凰出版传媒股份有限公司
　　　　　　译林出版社
出版社地址　南京市湖南路1号A楼，邮编：210009
电子信箱　yilin@yilin.com
出版社网址　http://www.yilin.com
印　　刷　北京鑫海达印刷有限公司
开　　本　787×1092毫米　1/32
印　　张　8.625
字　　数　100千字
版　　次　2014年2月第1版　2014年3月第2次印刷
书　　号　ISBN 978-7-5447-4631-1
定　　价　32.80元

译林版图书若有印装错误可向承印厂调换

目录

她 们

我 们

自　己

自序：女人，你还记得十六岁时的梦想吗

无论当年的你是想做一个三毛，还是做一个亦舒，或者是做一个无疆行者写看不懂的文字，或者是当一个艺术大师画看不懂的画，或者是做一个花样游泳队的金牌队员，随便什么，我都能肯定你的梦想绝对不是十年后，仅仅在某个城市的某个角落，系着围裙给三个月大的baby热奶或者是给即将出门的老公烫西服上的褶皱。

十六岁的时候，艾明雅小姐的梦想是去非洲草原，做一个动物学者。她很喜欢动物，尤其是喜欢豹子、狮子、老虎、野牛这样极具奔跑性的动物。当年的她，对动物的热情超过了对高考的热情，更不知道婚姻为何物。她鄙视一切带着油烟味儿和葱花味儿的事物，鄙视所有不做头发、不加修饰的女人。她热爱文学也热爱肤如雪，她热爱艺术

也热爱亦舒，她热爱山无棱与天地合的爱情小说，暗暗发誓要让自己的人生，不会沦落到买菜做饭和嫁人生子这么简单的生活。

多年以后，她再回想起来，觉得当年之所以喜欢那些动物，是喜欢它们奔跑起来的那种强烈的鲜活感，那似乎代表着一种灵魂的释放与热情的燃烧。在电视屏幕里，如血的夕阳下一群野牛在奔跑，她跟着莫名其妙地激动起来，就仿佛看到了一种沸腾的思维和蓬勃的青春。

二十二岁，艾明雅小姐大学毕业。

她在南方某城市的一家破公司找到了一个破实习生的职位，薪水少得可怜，每天顶着一头没睡醒的头发去上班，香香的面霜味儿下了公交车就会变成臭臭的汗味儿。她最大的梦想是可以立刻转正加薪，因为可以搬出合租的房子，拥有一个自己的干净公寓；可以不用再挤公车，打车上班就不用担心白白浪费了几百大洋的“coco 小姐”。

后来的后来，房价涨了，涨到有钱也买不起了，工作了几年的艾明雅小姐绝望了，她成了众多逃离北上广的人马中的一员，风尘仆仆的她暗暗发誓要在二线城市给自己找一个安身立命的地方。她开始不断奔波，为了在某个城市给自己找一处便宜的房子而跑断双腿。最大的梦想是售楼小姐能给自己打个九二折，银行能够把贷款利息打到七折。

再后来的后来，细纹长了，亲娘的电话多了。艾明雅小姐每天都给自己做面膜，补水美白保湿去角质，务必貌美如花容光焕发地去和不同的男人相亲约会。高得像竹竿儿的矮得像冬瓜的瘦得像油条的胖得像肥肠的，通通都见。她能够在十五秒以内以报告形式背完自己的个人简介，然后保持僵硬的微笑问对方：我就是这样，您呢？她最大的梦想是立马来个靠谱的男人，结束这暗无天日惨不忍睹的相亲生活。某晚上她相完一个不愿意要小孩儿的男人，回家以后精疲力竭往床上一倒，发现自己的脸微笑得抽筋了。

再后来的后来，某一天，艾明雅小姐挽着某男人的手在某座城市的某个角落，给刚装修的房子做装饰。三室两厅的房子，有一间被她刷成了淡蓝色，墙壁上是空空的。她拆开网购来的墙纸，然后嘻嘻哈哈地往墙上贴各种图案——那是她留给未来baby的房间。墙上贴着热带鱼、维尼熊、Hello Kitty，还有——狮子和野牛。

一瞬间那年的梦想变得清晰起来。她想起十六岁的那个女孩，在某个下了课的黄昏，蹬着自行车往回赶。那年她们并不知道要追赶什么，就是喜欢把自行车骑得飞快飞快，然后笑起来很爽朗，彼此说话很大声。她在小县城读完了高中，身边都是同样骑着自行车、剪着童花头的女孩子，她们穿着白色衬衣、校服裙子，在小巷子里穿梭，在耳边呢喃讨论隔壁班的某个男生，然后在夕阳下嬉笑。两边的水泥围墙里，有谁家探出头来的一朵白色栀子花，墙垛上蹲着一只懒洋洋的花猫。然后她们听见母亲的骂声从那边传过来："骑那么快！摔不死你！"她们冲着彼此吐一下舌头，然后飞快地骑车在转角处跑掉。

……

她们最青春的青春一去不返。

艾明雅小姐突然被惊醒了。她依然年轻，还不到三十岁，但是她觉得自己仿佛已经走过了很长的路。那段路一直有迷雾，她一直摸黑向前走，一直看不到自己的模样，似乎有什么追赶着她在黑暗里一直气喘吁吁地往前跑，直到有一天她在黑暗里看到了灯火，她狂奔而出终于歇下一口气，却发现走出来的已经是一个穿着高跟鞋，背着CHANEL菱格包，擦着紫色眼影的女人，一开口就问：今天的大盘跌了没有？

依然是那个热爱着狮子和野牛的女孩，但是镜子里的那个她，好像已经那么熟那么熟，熟透了，熟到已经变成了谁的妻子。她回头望，父母健在；她扭头看，有人在身边；她向前看，仿佛又看到她要成为谁的母亲。

可是她还是记得狮子与野牛，虽然已不再那么狂热。她庆幸，在一路的奔跑中，她依然没有丢失某些东西。

有时候觉得像是一场梦。最好的年纪仿佛已经过去，又懵懵懂懂地感觉最好的岁月仿佛还没有来。

有一天，她坐在新房子里给新买的茉莉花浇水，小金毛在笼子里懒洋洋地睡觉。那天的天空水晶样透明的蓝，她想起《海的女儿》里的一句话：海的深处是那么那么蓝，蓝得像矢车菊的花瓣。

突然间她听见什么声音，然后跳起来，跑去厨房关掉煮牛奶的火。她系上围裙，一边擦拭着溢出来的牛奶一边笑。

她想，有些梦想可能永远都不会实现了。

她想，有些梦想也许明天就可以实现。

他们

我要你知道，这世界上有一个人是永远等着你的，不管是在什么时候，不管你是在什么地方，反正你知道，总有这样一个人。

——张爱玲

最后的最后，你才成了那个最好的人

以此开篇，献给我最爱的闺蜜十二，她爱对了人。

一

“我们渐渐地有细纹了。我们的感情，也该从容静好一些。”

得到闺蜜开始谈婚论嫁的消息。她要跟那个男人结婚了。

是那个第一次去她女朋友家里，吃完饭甩手就走的男人。

是那个一开始请她看演唱会，还要她把钱还给他的男人。

是那个装修的时候当甩手掌柜，水电物业按揭一概不管的男人。

是那个手机电脑 PSP 全部设密码的男人。

是那个曾经让那么坚强的她，在我们面前也流下眼泪的男人。

是那个曾经一度让我们灰心丧气的男人。

是那个我们曾经一听见她的委屈，就愤愤地恨不得让她离开他的男人。

有很多次，委屈的她在我们家里流过眼泪，喝完粥，听见他来楼下接她，就微笑着说，我原谅他了，我走了！

然后她就那样轻轻地原谅了他，恍若什么事情也不曾发生过。留下我们在家里对那个男人依然愤愤，她却一如既往地爱他，与他生活在一起，与他吵架，再与他和好。对他失望，再重新对他有希望。

没有一个男人，不是在一个女人的怀抱里长大的。他的狂躁，他的冷漠，他的不安分，他的稚气，皆是靠一个女人抹去。

而如今，他们居然要修成正果——时光，真是一件不可思议的事情。

现在，他会把工资卡交给她，说，老婆，这就是家用了。

他会在周末的时候，去买菜做饭洗碗收拾厨房，然后说，老婆平时辛苦了，今天我来做。

他会带她去厦门，去香港，去看电影，去购物，说，十万块娶这样一个老婆，很划算。

他会把他过往的故事告诉她，包括那个至今让她耿耿于怀的关于前女友的“苏菲的夏天”，还有上台送花的故事。

虽然，还是介意他上台送花的故事——与其说是介意不如说是嫉妒，因为知晓他再也不可能为一个女人，痴狂到那个地步。虽然，他还是爱在家里抽烟，还是一看到餐桌上有苦瓜就不管不顾地发火，还是一玩起MAC就视妻子如空气，但是，已经很好很好了。哪个女人能指望自己的丈夫，要完美得像米开朗琪罗手底下的雕像呢。

谁都会有被收服的一天。卤水点豆腐，一物降一物，王菲居然嫁给了李亚鹏。

一个男人在结婚的时候，相比起刚牵手的时候，判若两人。是身边这个女人的御夫术有多厉害？不觉得。是身边这个女人貌美如天仙？谈不上。相比起厉害，相比起容貌，更多的，是善良与智慧，是包容与尊重。若非要说是什么让人得以改变——是相处，是时光，是年华流逝之间渐生的情感，是磨合后心生的感恩。

是他静静地说的那句：我不会在一开始，就莫名其妙地对一个女人好。

有一天，你，我，站在时光的镜子面前，各自都面目全非。你会发现，某个人，没有你想象中那么好；某个人，也没有你想象中那么坏。你会发现，有些人，你本来打算恨他一辈子的；有些人，你本来以为此生都不会再见的；有些人，你以为不会跟他走到最后的；有些人，你以为他从来不会变得这样好的。但是后来你见到他，居然可以谈笑风生，转身却泪流满面。你以为你经历过人事变迁，不会再流泪的。

你牵手的那个人，是你永远也不曾想过的那一个。修成正果，比闪电结婚要来得浪漫。

为什么，因为瞬间你原谅了所有事情，觉得所有的努力都是值得的。无关感情，你只是觉得，这年头你也好，他也好，要活下来，还要追求幸福，有多么难。

我爱你是那么容易，在一起，却那么难。

二

谁不是从37℃的天气挤公车的日子里过来的？在那些日子，年轻的我们要照顾自己，追寻未来，还要爱着一个人。那时候，勇敢，真诚，坦荡。再后来，我们住上了自己的房子，还开着自己的车——尤其是女人，我们开始觉得自己无比强大，合不来三秒钟就可以让一个男人滚走。

男人亦是，千百年来如此，三十年的夫妻尚不觉得有什么理由为了她死心塌地，更别说是一个相处三天的女人。

按理说，我们可以给别人的更多了，但是，却一身小人作风，一颗心无比浮躁。

工作上，放了太多的心血，恋爱却还需要有那么多的时间、精力、物质的投入，当然就要考虑回报率。谁也不会在刚开始就要对谁有多好，要对谁把心扉毫无保留地敞开。谁也不会傻到三天后就开始把对方的照片或是身份，明晃晃地挂在空间里昭示那就是我的男/女朋友。在一起的时候，那些内容算是幸福，分手了便立马变成笑话。

吃完饭了服务生送来账单，彼此都说着我来我来，比的是谁的钱包拿出来得慢，还开玩笑说，别选马上就要过生日的人谈恋爱，要是送了礼物就分手，划不来。还要盘算下一次还有没有必要再见面，如没有，也无需送谁回家，打车钱也不便宜。

多么好笑，多么心酸，恋爱变成一场无间道。

这一切的一切，不过是为了避免让自己受伤。

其实我们早该明白，这年头，在谈恋爱这件事面前，谁都不是善男信女。在这件事面前，你我最阴暗的一面都会显现出来。功利、算计、欺骗、对比——谁都不会再傻到在一开始就一颗心丢过去，最后被人家当成没熟的牛排切不开咬不烂，没耐性了，把你的小心肝儿一盘子全倒进垃圾桶。

为什么？因为，你，我，都不是没有爱过的，讲白了，做事都靠个经验二字——变故。你我怕的是变故。怕时间积累得不够多，怕爱得不够深，怕烟花一散去满地皆疮痍——怕得最多的，是不够了解而产生的变故。

此年，什么都需要成本，恋爱最是。而我只是相信，尽管如此，我还是个善良的姑娘，也还是个柔软的姑娘，只是多了一层坚硬的，不那么光彩的，看起来嚣张戾气与精明世故的壳。心有多软，壳就要有多硬，不然漫漫人生路如何走得下去。

世道艰难，把爱坚持到底的又能有几个。谈不上深爱，最好看的，也不过是跑一场爱情马拉松，几年过后，虽然知道还是挂牵，虽然知道还是爱恋，可最后还是一夜之间你娶了别的女人，我就立马嫁了别的男人。错过是比错爱更难以面对的事情。

我们在经历一个速食爱情和快餐婚姻的年代。分开得越来越快的原因，是没有时间与耐心了解一个人，更没有时间去原谅与守候一个人。在他蜕变成我们的 perfect man，完美恋人灵魂知己之前，我们就等不及离开了他们。

经营爱情如掘井，需要足够时间去探索，去挖掘，去守候，去等待，去流泪，去坚持，去相信。可是恰恰如今我们什么都不缺，最缺的就是时间。有时间偷菜，却不曾有时间去认认真真了解一个人。比时间更缺的，是去了解一个人的欲望与心情。

为什么，还是怕啊。怕千山万水地走过去，却发现对面的那颗心看似金光闪闪，实则荒野一片。失望是比受伤更让人痛苦的事情。

从此全天下的人都在寄希望于缘分，寄希望于一见钟情，继续相信有 **perfect couple** 和 **soul mate** 的存在。每天打扮得光鲜亮丽，希望转角就遇到爱。呵呵，完美伴侣，灵魂知己，多么美丽的词汇，那都是我们曾经的念想：那个男人要如何如何，女人要如何如何，一切都要为我们而生，犹如我们灵魂的齿轮。

可渐渐就懂得了，若不曾携手走过一段路，何以携手走一生。不是男人买好房子车子就能够招得来好女人，也不是女人整好了鼻子削尖了下巴就可以绑得住好男人。拎包入住与天生一对这两个词，在婚姻里，都是不靠谱的代名词。有些事情终如美玉，需要打磨方能完美示人。有些人终如玫瑰，需要一层一层剥下去，才发现他 / 她的心。

三

前几天，有人问我：你还相信爱情吗？一瞬间我真的不知道该怎么回答。若说不相信——我只是真的不相信海市蜃楼，不相信金童玉女，不相信山盟海誓。

这个世界，岁月最珍贵，眼睛最骗人。

我不相信，只是因为我也是站在人渣肩膀上成长起来的好姑娘。

我相信，只是因为比起爱情我更相信感情二字。相信那些相濡以沫与子偕老，千回百转终成正果的事情。如同我爱看闺蜜修成正果这样的电视剧。

从烟花到烟火，你用了几年。我想你们在婚礼上，应该发表的获证感言是：感谢误会，感谢分歧，感谢争吵，感谢偏执，感谢横眉，感谢没有分手。从遇见到接受，从磨合到改变，从烟花到相守，你们还是走了一条千山万水的路。

选老婆，选老公，不是选 PSP，好看立马拎回家，结果发现摔不得划不得吼不得，最后觉得不好玩了马上换一个，型号过时了再买一个。过日子的那个人是冰箱，宁可逛得久一点也要选经久耐用几十年不坏的那一个。昏黄的灯光，清新的内置，老婆要无噪音，老公要无污染。外边的火药味再浓，矛盾的温度再高，该冰冻的冰冻该保鲜的保鲜。外人看起来要亭亭玉立，里面的人要觉得不温不火，一家人的温饱全放在心里面。即使冷落两天也没关系——也没见过谁整天把个冰箱抱在怀里面。

好冰箱十年如一日，你只要不断电，它绝对不罢工。

最考验质量的东西，果然是时光岁月。

天下女子或是男子，若求的只是一个玩伴、一个恋人，那尽管敷衍。按年龄身高体重月薪星座去寻，容易得很。你若求的是风雨同舟，求的是心心相印，求的是秉烛夜谈，求的是夫唱妇随，求的是恩爱夫妻共白首，就不要以为爱是一见钟情门当户对就可以天长地久的事情。如不曾经历千回百转，你不会懂得，中途那般多的枝枝蔓蔓。

与最适合你的人偕老——需要的，是你与他留在时光里的披荆斩棘与披星戴月。

是他情多，还是你估错？

一

苏珊，她最近爱上了一个混蛋。

苏珊小姐，女，二十五岁，某知名大学理科硕士毕业，刚刚走上工作岗位。

长得不算差，气质不算差，但是“运气”却相当之差。据她本人口述，常年来，总是遇上只暧昧不恋爱的先生，特性出了奇的一致：给了点糖之后，拔腿就跑。剩下满怀希望的她在原地久久地张望，长长地惆怅。

以这次这个浑蛋为例，我称他为拽先生吧。

这位爷，大概也是在硕士快要毕业的时候勾搭上了苏珊小姐，没有上床，没有接吻，但是时常约会她，儿女情长地倾诉一堆，偶尔还会在夜晚的湘江边用胳膊搂搂苏珊小姐的小腰身。前两个月，拽先生被派回原住地工作去了，夜夜长途电话，日日短信不停。苏珊小姐宿舍的每个女生都在一旁不住地恭喜她，恭喜她终于要投入满世界恋爱的浪潮里去了。

我听闻此事，后悔不迭，我悔的是她干吗不早将此人的存在告知我，若是我知晓此事，绝对不会跟着她宿舍那帮纯美小姐帮着他说好话，反倒会把她一盆子冷水扣死：你想做他的女朋友，还远得很。

果然，不出三日，此位爷态度大变。

电话里一句定江山：我对你没有什么感觉，你误会了。你们怎么想？不少女生在默默挂断电话之后，心里此时必然只有三句话：

你大爷的，你没有感觉搂我干吗？

你老妹，你没有感觉夜夜打我电话干吗？

你老妈，你没有感觉招惹老子干吗？？！！

在我们未曾被“点醒”之前，对男人以及对恋爱关系的认知，真的只停留在这个阶段。

在女生的概念里，一个男人如果喜欢上自己，一定会天天打电话给自己。会约会，会见面，会吃饭，会偶尔牵手。没有错，但是这个道理只能够顺推，也就是，他若是喜欢你，他真的会做这些事情。他如果不做这些事情，他必定对你没有太大意思，所以不必为他找借口。

一个男人就算忙到腿发软，也会抽出他上厕所的时间给他在意的女人打电话。但是，但是，反推，如果一个男人整天约会你，见面，吃饭，偶尔牵手，就一定代表他喜欢你吗？

NO.

二

我记得一个男性朋友跟我说过一句话，千万不要搞清楚男人在追你时候的真实想法，不然你们女人真的会去撞墙。一个男人勾搭一个女人，可以有很多理由：

他需要一个女朋友。

他不需要一个女朋友。

但是多么可怕，一个女人愿意被一个男人追，大多数只剩下一个理由：她需要一个男朋友——当然，习惯滥交的女人除外。

一个男人不需要女朋友的时候，他也可以做出很多追求的行为的。

比如，他出差到某个城市，那个地方有他颇有好感的

“故人”，他约出来送送花，请请客，叙叙旧，然后旧情复燃，最后各走各路。比如，他在某个学期的后半段闲得无聊，找个美女说说话，聊聊天，看看江边的月色，然后各走各路。

拽先生无疑就是后者。但是为什么苏珊小姐能够很轻易分辨出上一条是乱搞，但搞不清下一条就不是呢？原因是，她内心有期待。期待是极具蒙蔽性的东西，期待是魔鬼，尤其表现在女人身上。其实你并不爱他，你爱的是你幻想与期待中的他。可惜，那不是真正的他。

在一个男人追求你的初期，真的不要有任何期待，亦不要找任何借口给他。不仅仅是对男人，对自己，亦不要有期待。

苏珊小姐的闺蜜艾明雅小姐，也就是我，很感激自己是个射手座女生，因为星相说这个星座是半人半兽，所以她很能明白一个人的占有欲与兽性。她信任何一个男人在追求女人的初期只有一个动机，就是把她搞上床。在这个阶段，没有好男人与坏男人的区别。区别在于下了床之后，坏男人会奔赴下一张床，而好男人愿意跟你开始床以外的生活而已。

所以，不要那么快认定一个人。

不要认定他就是那么喜欢你。

相反，他并没有那么喜欢你。

很多女孩子都会觉得，我这般的容貌，居然会有男人不喜欢我，拼死不承认这点。其实有什么关系呢，无论你如何美貌，这个世界，总有一个男人不会拜倒在你的裙下，总有一个男人不喜欢你这种类型。现实而已，不必为了证明自己的魅力，去为一个并不喜欢你的男人费心。

苏珊小姐这般是最冤的，被人甩，被人吃了豆腐的感觉罢了。回头你连个控诉的理由都没有——凭你说他始乱终弃？come on，人家连那个“始”都没跟你说过，更不必为了这个“终”跟你道什么歉。

哀其不幸，完了必须要怒其不争。

其实，我这种人，从来不会为了这种事情帮着女友说什么好话。相反，我会数落，会痛斥她，直到把她骂醒为止。我不觉得在女友被人骗了的时候，递个纸巾，一起骂骂男人都不是好东西，就是合格的闺蜜。世道这么乱，花心男遍地走，骂完一个还有第二个——但是为什么 80% 的好男人掌握在 20% 的女人手上，偏偏就是某个闺蜜天天被人骗?

只能说明如今年轻女子脆弱的爱情防线上，实在有太多空子可钻。大多数的漏洞都可归结成三个字：不理智。

为什么这么多女孩子还在情海里沉浮，整天猜男人到底喜欢还是不喜欢自己——其实对于女人而言，这个世道真的舒服得很。吊带旗袍随你穿，排档酒店随你吃，裸妆烟熏随你化，帅哥猛男随你选。不必在意任何人的看法，不必顾忌传统道德的束缚。

在恋爱关系里，你可以成为任何一种你想成为的女人，你可以摆出任何一种你想摆的姿态——除了脸上不要写一句：我很好骗的，都来哦。

这个世界你唯一要做的功课，不过是睁大了眼睛看看每一个围绕在你裙边的男人，他们都是一样的热情，一样的殷切，一样的笑容可掬。你开心的时候，OK，没问题的，赏个脸陪谁去看个电影回头照样睡你的觉，第二天醒了忘掉他所有说过的话继续看他的表现。

直到有天，狂蜂浪蝶都散去了，有个人依然在那里抱着玫瑰花等你跟他回去。那时候，你再做决定也不迟。千万不要一开始，你就认定他。

苏珊小姐问我：他是不是有新欢了？

我回答：必然的，不然他何必这么急着跟你撇清关系？多暧昧暧昧又不花钱。

其实，尽管把你的聪明劲儿摆出来给人看，吓跑的不过是那些不适合你的男人。

世道这么乱，身为女人，真是没必要装纯给谁看。

人生百味，
谢谢你给过我的甜

安娜，要离开小城王子，去追寻大都市生活——她还爱他，只是，她不想这么早就沉淀。

她必须承认，是那些莫须有的坚持与骄傲，毁了她当下的日子，毁了一段恋情。说结束的时候，明明准备得很好，可望着眼前那个曾经爱过恨过此刻依旧很不舍的人，舌头打结。

当她问他亦是问自己：“为什么我们终于还是要分开，我们为什么不能够像曾经设想过的那样走下去，你在这个城市里做小职员，我做小女人，共度六十年？为什么我还是要走？为什么我还是要跑到我曾经鄙视过的城市去过鄙视的生活？”

二十二岁的安娜小姐，在小城里与未婚夫共度了五个月的时光，然后打电话给我，她还是决定离开他，去一个叫做深圳的地方。

他温和地看着即将离去的她。他知道他面前这个女生，生来不安静不安全不安心不安分。他知道这一切是因为心不肯安静，索要更多，榨取无度，因为身处的时代混乱庞杂，女人必须全力奔跑才能保持不输，女人需要去看到更多的世界遇到更多的爱才舍得把后半生交给一个男人。

他更知道许多时候女人必须放弃与忍耐。

她对我说："除了偶尔的伤感，为什么我连一滴眼泪都不想流，甚至在内心勾勒下一段恋情的模样，来忘却这段恋情？"

我回答："亲爱的，因为你还年轻，你够资本。但是，你必须保持警觉，三四年，会一晃而过。离开他去寻找你的一万种可能是足够诱惑的事情，但是必须承担代价。"

心有触动，但是听不进去。照吃，照睡，照玩，然后在某天夜里她突然就哭了。

对于突如其来的一切，她无话可说，此次恋爱除了能够带来伤痛，什么都不会有——即使有快乐，永远都只能是曾经。其实她很高兴。失恋后的她能写了，能唱了，能够半夜三点跑到酒吧去疯，重新端起她的老酒杯。心里满足无比。原来果真都不是公主般的人，原来从来都是自虐为欢。就像她曾经同谁说过，我们这群人，终究要耗到大龄未婚，郁郁寡欢，终日读些讳莫如深的东西然后以此自矜。化着浓妆，饱读诗书，然后重建底气，构筑自己的与众不同。对于曾经的恋人——对不起。大家都真的是倔犟，一颗心真的是狂妄。

一个人，她嫌孤单，两个人她嫌拥挤——不，或许是一个人她嫌拥挤两个人她又嫌孤单，而且她还太年轻，她挑剔，她承受不了男人的任何瑕疵。这就是如今的诗书女人。面孔是八十分，身材是八十分，气质是八十五分，傲气永远是一百分。

所以只因傲气，终归还是要离开，哪怕去一个陌生的地方从事一份陌生的工作，哪怕或许要从二十二岁熬到将来的三十岁——那时的自己也许依旧没有嫁出去，那只能说明那时的自己太虚荣太物质太苛刻，要独立要自尊要精致要够品味的生活，身体承受不了那么多不能眷顾的爱情。

到了那时候，衣衫够贵，鞋跟够高，品味够好，钻石够闪，只有年岁再也不够杀伤男人——哈，若是果真到了三十岁，结婚还在讲爱情，那么年岁岂不是白长了？她曾经的这位恋人还没成为记忆中的美好？那么她更应该学会接受生活种种，它的不完美，它的凡庸，它的让人全身寒毛倒竖着投入进去的搏斗与残杀。直到爱情再不能伤害到自己。

亦舒算是看透了："女人聪明，是要为聪明付出代价的。"

但女人太聪明，想得太明白，就会一滴眼泪都不想流，即使在失恋的时候。

她生来孤独，热爱疯狂。她的母亲一直奉劝，算命先生说她属虎，又生在十一月，这辈子注定是大雪封山季节里疲于奔命不争取就没饭吃的一条饿虎命。她说如果真是这样，那么认命好了。

那一本厚厚的日记，虽已不会再写，如今每一次翻开仍让人泪流满面。

"还记得为了跟在你身后，假装在书店买书的那个清晨；还记得那个雷雨的早上，你递过来的冰凉的水饺；还记得你借去看的那一套书；还记得你站在身后时心跳的节奏；还记得商场里上下不断搜寻的视线；还记得衡山时暖暖的阳光洒在你脸上的光影；还记得你低头走路的样子；还记得那天一起走出校门时流泪的脸颊；还记得那个拥抱之后我的语无伦次——有时候我会想也许就是那一次把我们之间的可能完全凑齐，因为在你面前我几乎不是那个果断决绝的自己；也还记得你下楼梯时我追逐的眼神；还记得后来我悄悄跟在你身后看你的背影，只是看着你就已心满意足；还记得后来你的笑、你心疼的眼神、你忍让的表情……"

还有他憎恨的自己的坏脾气，此刻她不想再提起。她希望回忆里都是他的好，这样可以让那个自己更恨我自己一点。

“别说还有感觉，你我都知道，我们只能忠于直觉。正因为欠缺，所以总不懂拒绝，但又不再愿意为对方妥协。”

就是这首歌了，借此，说再见。但是人生百味，总谢谢你给过我的甜。

遇见之后，
还有千山万水要走

一

波姬，她刚刚遇到一个人。她想要投入，却怕会是个错误；她想要若即若离，又怕会是个错过。

一开始，她以为那个对的人的名字叫救赎。

不止是女人，男人心中也同样有个落难情结。

在爱情里，我们曾经以为一定有谁，会把我们从现在的孤单世界拯救出去。公主们幻想着他是英勇无比提着利剑能够和龙作战的王子——他就那样轻轻地踏着七彩祥云来了，伸出手就带我们飞上了蓝天。王子们幻想着她是一个拿着水晶仙棒，有着清澈眼神的小精灵，就那样一低头，像一朵水莲花不胜凉风的娇羞，从此他就可以在那水盈盈的眼波湖畔安营扎寨。

在救赎的这段戏里，恋人被我们想象得那样的万能，就好像我们站在这里什么都不需要做，等着他/她来呈上爱情的盛宴就好了。行到水穷处，我们才发现，这是多么愚蠢的错误。童话都是骗人的，我们都不可能是谁的王子或公主。没有真命天子，只有凡夫俗子。

爱，不是一次告白就万事大吉。

但是也许你会疑惑，难道不是那样吗。我们看到的完美情侣，不就是那样转角遇到后，然后彼此拥抱着说我终于找到你了。

爱与婚姻有相通之处：那不是一个结束，而是一个开始。

爱是一个恒久、忍耐、恩赐的开始；婚姻，是一个坚守、抗争、牺牲的开始。

爱与工作更有相通之处：要有多么努力，才能让别人看来是毫不费力。所谓的完美伴侣背后，一定有谁在付出谁在牺牲，谁在理解谁在坚持。而这必须是双方的，不然千山万水如何搀扶着走过？烟火厨房里的平淡与油腻如何被抵御？朝夕相对的审美疲劳如何被百日恩情慰藉？

爱不是电影，是韩剧。不是一两个钟头就可以从此他们幸福地生活在一起，而是百集长篇，一定要遇上，误会，分离，你进我退，我攻你守，忍耐连腌泡菜的镜头也能有十分钟的乏味感。但不是没有快乐的，如果你可以用心体会。

如此反复，时间距离都被承担后，才会出现最后的结局：他们一起老去，在湖边一起散步、晨练、看着远处的日出。那时候，父母们已经逝去，兄弟姐妹有自己的生活，孩子们在外求生，家中，就真的只剩彼此相对，说说孩子们小时候的故事。

那是最后的云端归于尘土的感觉，是一种无法表述，也已经说不出的爱。

二

什么是爱？它首先应当是对自我的认知与承担，然后再在心里画上一个框框，勾勒一个影像，从此清楚知道我们想要遇见继而相知相恋的，大概是个怎么样的人。

后来，我们就真的遇到了这样的一个人——不要急着沦陷，不要急着从此万事大吉，这不是一个盛宴的开始，这是你刚刚站在独木桥的这边遇见他，而你想要的他，站在那一边，你们虽然两两相望，中间还隔着万丈深渊。

我到你心里的距离有多远？你到我心里的路有多远？

还好，我们都不是孩子了，面对幻象的消失，神秘感的散去，底线的突破，可以清楚明白镇定地对彼此说一句，也许我真的没有你想象中那样好。

当你知道了，我就是一个这样患得患失的女孩子的时候，你还会不会像这样拥抱着我，微笑着庆幸你终于找到了我。当你知道了，我就是这样一个拿坚强和快乐当面具实则又懦弱又有愁绪的女孩子的时候，你还会不会像以前那样说，我说了，你就是我要找的那棵菜。就如同你说的，如果我了解眼前的这个男人从来就不是一个耐心的人之后，还会愿意继续跟他在一起吗？就如同你说，如果我了解眼前的这个男人，没有我想象中那样完美甚至是个有点小恶劣的家伙，还会愿意继续和他走下去吗？

当我们都明白，最浪漫的事是我爱你然而最辛苦的事是在一起，我们还愿意继续千辛万苦地走到彼此的世界里去吗？我想这一切的未知，都不是现在考虑的范畴。我们能做的，不过就是像我昨天那样，把头埋在你怀里说，也许，我可以努力地去试着跟你在一起。

不试试，怎么知道呢？

你笑了，然后抱着我说，不是你一个人，而是我们要努力。是我们。就当是承诺了。

从此就要长相守了，而长相守是个考验。从此我就要习惯你接到客户电话后的烦躁，而你更加惨烈，要忍受我早晨七八点睡不着爬起来洗头看书做面膜总之就是不安分睡觉的变态。还要忍受类似某天我这个马大哈洗澡洗到一半发现停水了，让你拿着我的水电卡下楼去物业买水的层出不穷的啰唆事件。还要忍受像今天这样，等着我拖拉一个小时穿衣吹头发，然后这才互陪着饥肠辘辘的彼此去吃饭的残酷事件。

没有遇见你时，我就是这样生活的。颠三倒四地吃饭，莫名其妙地上班，闲起来像头猪，忙起来像条狗。闲起来是男朋友怀里温柔的羊，忙起来是连男朋友电话都不耐烦接的狼。

我已经习惯了这样，一点点距离，一点点冷酷，一点点不在意。

所以我不会完全颠覆这个状态，但是，我想我可以为了你把它改进一下。比如，买点即食的粮食不让你饿着；比如，晚上跟你约定一个时间，然后比那个时间提早一个小时起床。

这样也许不是太难。也许，我们真的可以试试看。既然遇见了你，就真的要说那句话：我会努力握紧你的手，珍惜遇见你的时光，然后未来，就把它交给上苍安排吧。

此时此刻，我们必须要做的，是拥抱过后，就好好相爱。

相爱只是个开始，接下来，容忍，磨合，我们开始携手漫漫爱之路。

总有一个女人，让男人也泪流满面

闺蜜团最近爱上了《奋斗》。

人人都只爱米莱。因为她们觉得，是男人都喜欢米莱，长腿温柔又痴情。

可惜啊，我是夏琳的脾气。闺蜜小九问我说，你会抢你最好朋友的男朋友？我想了想，很肯定地摇头：那倒不会。她很开心：那就是嘛，你不是夏琳。我笑，都说要学米莱，要找简单的男人共度此生，要过简单的生活，哈，可笑。简单二字可不简单。

清汤往往是最难煮好的。因为它需要完美的原料，需要耐性，需要调试，需要火候，需要熬过大火，需要沉淀精华，需要多次冷却，需要滤掉油脂，最后剩的那点淡如水的东西，才是味美无比的清汤。否则纯粹的清汤只是白水，比对在男人身上就叫白痴。

白痴的男人你嫁吗？如今这世道，男人们也很无奈，只有赚钱的时间，只有拼命给自己喝酒加肥油的时间，却无法沉淀过滤掉世俗的渣滓，还原一个最本质的自己。

可你都本质了谁还给你钱赚？没钱真的只能娶个笨鸟当老婆。可本质男人才是真正的“简单”男人，才会有着平和心态的“简单”生活。所以感情才着实让人没了激情。

找个男朋友吧！没有那份耐性，没有那份心思花时间了解一个人，了解一个陌生的男人然后又变成陌生人。找个男人结婚吧！没有那份勇气，没有那份抱着“跟谁不是过日子”的想法去结婚的勇气。早结婚，难道真的就会幸福吗？谁都不想像完成任务一样去完成一个女人最幸福的时刻。结婚了，不合适，还得再离婚不是吗？谁都不想结婚了再离婚，还要再结婚。

所以《奋斗》从某方面来讲纯粹扯淡——不过电视剧本来就是扯淡。

我硬是没看出来，陆涛瞎捣鼓了什么就弄来了两千万，但是我非常喜欢杨晓芸这个角色，因为她真实，非常真实，真实得简直应该改名叫杨有才。

那么，究竟是现实的爱情把电视剧演砸了，还是电视剧把现实的爱情演砸了？ 就算我们一直在寻找一直在等待，可曾经拥有过的“梦中情人”终究是往事。不可能再有任何一个人在你心里掀起那样的感觉，连血液都冒着止不住的波澜。

你自己是不是都感觉曾有一场爱情已经把你耗尽了？从此已经无法再被别的任何人打动了？也不相信会有一个男子能够那样深切地走进你的内心了？你已经在这几年迅速地苍老了？所以沈从文的长相守或是小城里的野杜鹃，已经成为一种幻想。爱情这东西，对于很多人而言已经没得选，因为很多人的感情已经给完了。也因为等到女人要嫁人时，合适的那个他也成熟了也现实了。

年轻的男子是一片透明的雪山，我们曾在他的胸怀怒放。可男人一旦现实，就会要名利，要金钱，要别的东西。女人于他，不过是灯红酒绿下寂寞的陪伴。曾经的心动与爱人，曾经为他守候不求回报的女人，换成人民币一个子儿都不值。摸不着的东西男人会觉得不牢靠。

然后等到哪天男人功成名就了，他才会肝肠寸断。因为他发现，在他得到整个世界的时候却什么都不想要，终究只怀念一个女人的笑，终究会念着她的笑寂寞到老。

总会有一个女人，让男人泪流满面，不是你就会是别人。看穿爱情，看穿世情。所以当孤寂都不能再让我们流泪，那么当被骂了也就没有一丝兴趣去回嘴。即使挨了极品骂，哭有什么用？打死也不哭。哭死了也不会随便找男人的胸怀来依靠。

我在找爱的这条路上，也很不要脸，更没有什么惧怕。走夜路不怕，遇上抢劫的不怕，车坏在半山腰，自己力拔山兮气盖世地淋着瓢泼大雨修车不怕，脸都晒成黑的只剩两个眼珠子是白的了不怕，不带伞不怕，没人送伞也不怕，不怕感冒不怕生病。不怕，什么都不怕。

不怕后来演变成坚强，结果太坚强就变态了。于是变态的我们不把爱当成绝对，也不把恨当成颓废。管它长相守还是野杜鹃，都只当作是奢求而已，就靠这点儿奢求活着，只要不跳楼就是完美。如果有一天，某男要把我们领走，我们就算他倒霉。

从那往后，我们就跟着那位倒霉的爷儿们一起倒霉。谁知，有倒霉的爷儿们的倒霉娘儿们，过得倒挺不错。其实我们当中最绝世的找骂女之一老九曾说："我当年叱咤风云，如今风云大变，沦落到搞网恋——还是跟一帮女人！"

那时候，我与一帮女人在网络上做论坛。每天都说，我们要爱，我们也要钱，然后底下一堆人来叫骂。其实谁叫我们是一帮子找骂女，相亲相爱地嚣张在网络上的找骂女。我们大胆地说，我们要钱，我们也要爱！我们拿着这点儿嚣张的鸡毛当令箭，不管前面是地雷阵，还是万丈"骂渊"，我们都将勇往直前，义无反顾，鞠躬尽瘁，继续挨骂，享受挨骂，直到被骂到超脱，骂到什么都阻挡不了幸福到来。即使幸福没来，只要有彼此我们也很愉快。

就是如此，就这样嚣张放肆做女子。我们叫嚣着，我们要赚很多很多钱，我们也要赚很多很多爱。

在挨骂的这一年，在找爱的这条路上，闺蜜是最大的安慰。

《奋斗》？嗯，我们的奋斗，就是在爱情的国度里永远奋斗。

前度相见，
多少前爱滚滚重来

一个人，一间房，一座城，一段情。

是一个单身的女孩，也还算是年轻。

是一间朴素的公寓，也还算是温馨。

是一座内地的城市，也还算是浪漫。

是一段远去的恋情，也还算是和平。

一

翡翠，她爱上了一个人，又错过了他。因为他们是一个国度的人，彼此看着像照镜子。照出自己最真实的人性，他们都害怕了。

同闺蜜团的人一样，她原本也是不屑也不甘与EX有任何瓜葛的人。

只是那次有些许的不一样，迅速恋爱，迅速沦陷，迅速盟誓，暗自欣慰找到可以调侃也可以浪漫，从饭桌到双人床都无比和谐的人。

他与她陷入爱河，浓情蜜意，甚至谈婚论嫁，还说要立马回家去偷户口簿闪一个婚，或是干脆趁着花好月圆先造个人然后私订终身。

遗憾的是，如同太多看似完美的感情一样，迅速完结。

与他，是她经年累月恋爱以来，内心最最快乐，最有感觉的日子。

因为，她真的遇到了另一半。那个完全和她有着一样生活态度的另一半。

可惜啊，想要尘埃落定的时候，却是回头的浪子遇到了回头的浪女。

所以她就始终不肯承认，那段日子依然是在她心里有分量的。也并非因为什么感情而隐藏想法，只是因为自尊。

半个月的电光火石过后，浪子觉得他还没有玩儿够，不想结婚。而那年，浪女已经疲惫不堪，只想找个家。

那一瞬间，心里一闪而过的崩塌感，想着不过是又一个过客罢了。于是决绝地对他说了一句：欸，我知道了。怀着一种如履薄冰的自傲把他拉黑。从此陌路。

一个人不可能和与自己完全一致的另一个人生活久远，因为两只左手是不可能握得长久的，能长久的，是一个人方，一个人圆。

那时他想要找个好女人安顿，她想要找个好男人皈依。当出现在彼此眼前的时候，金光闪闪烟花四溅，天时地利感激涕零。就那一瞬间，曾经真的以为就是他/她了。

可是，他低估了他年轻的不安分。

过往在一瞬间褪色，彼此在心里都下定决心就尘埃落定了罢——只是愈完美就愈脆弱，当彼此越来越近，他们却发现，对面，隔着千山万水。

那一瞬间他不是害怕，而是恐惧了。他惧怕与一个女人从此天荒地老。

她又何尝不是。当他开始犹豫，她也开始退缩。她知道自己是红尘颠倒后才以质朴面容而来，当年的辉煌历史与残留的女王气场必定已经令他不安。

片刻的心酸落寞过后，对自己说：正常。不是吗？现代的年轻男女，常常如此，同一个人吃一次饭，喝一次咖啡，聊一次天，恋一次爱，然后路人。

她从此上班下班，洗衣做饭，有殷勤的男人前来送花，心情好，收了罢；心情不好，不理会密密麻麻的来电。时常忙碌，薪资也还不错，同事都很可爱，老板宽厚温良。下班跟女同事去吃一碗香油猪血四喜馄饨，或是休息日的清晨在家里读书，空气里弥漫着音乐，厨房里炖着银耳，梳妆台前的富贵竹生得枝繁叶茂——那么刻意地过好每一天。

这般的日子，岁月安好，也不曾觉得有什么缺失。

但是她依然还是觉得奇怪。对于这样的一个男朋友，分手后，她时常觉得牵挂，不过是想问他一句，你好不好，有没有找到称心如意的女孩子；有没有踏踏实实过日子；有没有在周五晚上做酸菜鱼火锅；有没有在不忙的下午去理工大打球；是不是还是和我一般，像个孩子在风景如画的地方流连；是不是依然在夜晚找不到回家的路。

想起这些，她偶尔会略有心酸。

她对他不是没有感觉的。他必定也是，甚至多过于她。不然，何必在分手如此久之后，要做一件男人从来不屑于做的事，在某日静静地发来信息问她一句：妞，你最近好不好。

若是有习惯与EX牵扯不清的人，她也就不觉此话有何不妥，但是要知道，他这样孤傲的男子，分手后是向来连QQ都不屑于留下的，不过是留给受伤的对方一个销魂的背影远走高飞，此时居然赏了一句贴心问候，实在是有天大的意味可以探寻。

听闻他回头，就连我也惊觉突兀，只好对她说：说实话，我觉得，你们分手的确很匆忙。我从未承认，是匆匆分手，甚至还来不及让你抹杀对他的最后一点感觉。

所以她有生以来第一次坐在前男友的面前。静静地抿一口咖啡的时候，她终于鼓起勇气，与他对视了一眼。如同他们以往的习惯，见面先互相恭维一番，大笑过后，尴尬全无。是的，在一个如同镜子的人面前，何必掩饰，掩饰何用。

就那一瞬间，她原谅了他迅速离去的伤害，以及对他的恨意——不，她打电话给我：

艾明雅，我不恨他了，我想，我放过了他之后，也同样饶恕了自己。

二

其实，对我而言，世道不好，各有各的艰难，他想找个稳妥的女人过日子，也不是什么错事，只是恰巧碰到了她，本以为是她天生贤淑以为温婉，其实，她也是铿锵女子，有故事的人，让他无法释怀。

吃过晚饭散过步，他送我到楼下，然后坐在花园里吹风。他顿了顿说：不知道为什么，我就是想问问你，她过得好不好。

他是看着我的眼睛说的这番话，无比诚实。

就算这是些殷勤之语，但我选择相信并且动容。

人不是没有感情的，谁都会记得对方最最美好的一面。曾经有个男人对我说：女人最大的魅力，是自信与真实。爱就爱了，散就散了。若是在一起的时候，彼此是真真好过，也并未故意去伤害过什么，有什么好仇怨的，有什么好记恨的。

后来，我们就那样缓缓地聊起来，讲工作，说奋斗，说起彼此相过亲的人，说起都觉得一年一年地老去，不知道为什么做不到以往那么洒脱，总是不再像以前那样能够轻易投入一段感情然后就忘记了某个人。他觉得自己愈来愈容易叹气，我也觉得自己愈来愈容易掉泪，彼此曾经一路跑一路丢的神话渐渐都在消失，毕竟我们都不是小孩子了，我们开始留恋或是欷歔某些逝去的东西，首当其冲的，就是我们会感恩遇到那些曾经让我们觉得快乐的人。

相信吧，都相信。相信这些，不会有什么损失——相信，会幸福些。

我问他，你与她的回忆，你会完全抹杀掉吗？毕竟想起来的时候，你有在微笑。

他回答，不过是心有感叹，不过是瞬间柔软，但清清楚楚地知道并非想要去挽回什么。

他说，我曾经爱过。

她听到我转述这句话，说：这是尊严，是底线，也是对未来幸福的一种守卫。

她就这样彻彻底底放下了这最后一点自尊，坦坦荡荡面对了曾经付出感情的一个人。

爱是恒久忍耐与恩赐，婚姻更是；爱是能量守恒定律，婚姻更是。

爱要长久，一定是有一个人落跑，一个人等待，或者二人都在等候。但她与他皆为骑士。爱要长久，一定是有一个人是风筝，一个人是线，或是二人都是线。但她与他皆为云朵。爱要长久，一定是有一个是刀刃，有一个是伤口，或是二人都是伤口。但她与他皆为利剑。

“我是个好女人，但若是嫁他，他不会是个好男人，我亦不会成为他的好女人。他是个好男人，但若是娶我，我不会是个好女人，他亦不会成为我的好男人。”

这是一段错过的缘分，是两个互相失去的人。

在这座城市里，他们终于失去了彼此，在拥挤的人群中。

失散之后，各自找爱。

在最坏的时光，沉淀最好的爱

一

有这样一群女子，她们的名字都叫做麦加。

有这样一群女子，她们的名字都叫做蔷薇。

人生若只如初见，所有都市爱情故事的起源。

但这篇《往麦加的路》，无疑是我今年看过的最好的爱情故事之一。

大三女生麦加，在实习时看到一个戴佛珠的男人，天雷地火只在默默无言中。毕业后，她义无反顾奔向他的公司，一做就是五年。只因为爱着已有家室的老板，就将公司当成爱人来爱，静默忍耐，奉献青春，奉献时光，奉献精力，如同佛祖脚下的一株菩提，五百年修炼只求佛能看她一眼。

这种爱不少见，这种爱叫自虐，这种爱是暗里着迷，谁没有做过呢?

在年少的时候，女人多半是容易被自己感动的，把青春当舞台，自己当主角，戏份不演足了誓死不下台。万千故事逃不开一个爱字，却偏偏自以为自己的那部爱的小史记，会在尘埃里开出花来，最后才发现，只不过是昙花湮没在漫漫尘埃里，硝烟滚滚。

一个默默爱着别人的美人背后，多半有个男人在默默爱着她。只可惜，爱着麦加的这位学哲学的仁兄杨一，身材高大，表情坚毅，却用错了方法。他爱其不幸，却怒其不争，他展现爱情的方式就是在精神上蹂躏她、傲视她，试图让她臣服于他的哲学分析之下。

杨一说：看看你们这些办公室女郎，一个个穿得那么考究，为什么？防卫。空气里有兵器的味道，务必使人十步以外就肃然起敬。

杨一又说：他不仅带给你甜蜜，如今他把爱情的痛苦也给你带来了。这痛新鲜，顽强，味道好极了，所以你才迷恋他。

杨一还说：你为这个男人工作，眼巴巴看着他，每年你都拿优秀员工奖。麦加，你的青春消磨得没有任何意义。

三十五岁的时候只怕还要哄着自己睡觉。麦加，你这个蠢东西，你爱过了头了。

麦加双目圆睁，冷笑回敬：你有病。你自以为洞悉，自以为通透，你称自己为精英，但是我称你为笨蛋。你懂什么，你一点儿都不懂爱。

但是麦加没有告诉她最好的朋友蔷薇，那晚她独自躺在床上，内心崩塌，因为她觉得杨一都说对了。跟萧敬腾唱的一个样，爱过了头，像只困兽，舔着伤口活着，装纯情。

每个人心里，不都住着这样一个麦加？

你不肯承认，即使有人把血淋淋的现实展开给你看，你依旧不面对。女人就是这样的，她不是不懂，她是不愿意去懂。宁愿被骗着，扯着爱情的大旗被戏份骗到天荒地老。麦加对蔷薇说，我不需要一个人给我做精神分析，我需要一个人告诉我，我可以继续爱下去。

蔷薇不懂得这是为什么。世界上有很多麦加这样的女生，但更多是蔷薇这种。

蔷薇们对人生非常随和，没有复杂的心事，不沉溺自虐的爱情。她们对爱情更多期望，是寄予在一种载体上的——爱情就是每天打一个电话，爱情就是每周吃两次饭，爱情就是每星期看一次电影，爱情就是一年以后就可以谈婚论嫁。

而麦加们，对爱情的期冀大多是个空壳，壳子里只有两个人，相视无言——有情饮水也饱。

二

麦加们的爱情是相遇，是离别，是床笫之欢，是甜蜜更是痛苦，是恨他却奉送一生给他。

在一个爱情故事里，麦加更多地愿意当一个导演而不是演员，麦加喜欢站在离自己五米远的地方冷冷看着，秘而不宣，享受暗爽与内出血的感觉。

麦加们的爱情里的自我，是相遇时那个清汤挂面的自我，是离别时那个猩红唇膏的自我，是床笫之欢时那个雪白的自我，是甜蜜时那个冷静的自我，是痛苦时那个发疯的自我。

是恨他，但是在五年后，麦加辞职了。坐在另外一家人力资源总监的位置上，她听这个她爱了五年的男人说，麦加，我离婚了。我怀着对你秘而不宣的感情五年，然后离婚了。

三个月后，在所有人都以为他们会奔向幸福未来的时候，sorry，麦加说，我们分手了。我们本身就不合适。是我提出来的。

杨一失望，痛心。他说，其实被爱是多么奢侈一件事，却没有人珍惜麦加这份爱。就像当年，有个叫小美的女生，她再回过头来看我，我就痛不欲生。而当蔷薇和麦加再问起小美的事情，杨一就闭口不谈。他说，这个需要你们最后才能懂。

真酷！在爱情这条道路上，不仅仅要自我付出，更要看到在这种付出中得到了什么。我管这种看到叫悟性，就是指在时光蹉跎后，沉淀下来了什么。

五年过后，麦加不再是那个觉得什么都理所当然的人了。几年过后，很多女人男人都不会觉得什么是理所当然的了。这样的人才有悟性。他们会在这些时光的消逝里，看懂一些人生需要的心态，然后更好地走下去，而不是虚长年岁，以为当年的伤害或是被伤害可以一笔抹去，以为当年被伤害的女人还会深深爱着自己，以为物是人非不过是个笑话，甚至以为对方还会在自己失业的时候给予救济。没悟性的人，谈一次恋爱和谈一百次恋爱效果是一样的，因为永远不懂得进步，不懂得如何更好地爱别人，或是呈现更好的姿态来让别人爱。

如果爱过，如果痛过，人就要懂得，世界上没那么多理所当然的事。王子和公主最后是幸福地在一起了，但是安徒生没有写他们结婚后是不是要共同面对渐渐腻烦的身体与心理。

幸福了还是不幸了，本身就是人生的一种轨迹，符合人生的逻辑。

人的改变，不是一种悲哀，是一种进化，惺惺作态的怀念是一种仍未成熟的标志。

你既承受了爱情刚刚开始时候的梦幻与甜美，也要做好准备某一天感觉不知道为什么就是死去了，没有为什么，感觉，就是没有了。到了那个时候，不可以为了逝去的东西一蹶不振，要继续往前走，充满希望地往前走，在水尽山穷之际寻一个柳暗花明出来。蔷薇佩服麦加的勇气，可以不管不顾实施一些她永远不敢的行为，比如默默爱着一个有妇之夫五年。比如穿着 8cm 的高跟鞋稳稳当当走在路上，表情自信说话顺畅，遇鬼杀鬼，遇佛杀佛，似乎只要还活着就没什么事情可以难倒她们，白云悠悠，我有何忧?

三

而麦加呢，麦加是羡慕蔷薇的。

大部分时候，麦加们是蔷薇们的知心姐姐，是引路人，是精神分析者，但是麦加不得不承认蔷薇的简单是有威慑力的。任何人介绍的男人，蔷薇都可以抱着希望去见，即使后来发现对面坐的不过是同性恋、偏执狂、小气鬼、凤凰男，仍然可以大哭一场后重新再来。

最后，蔷薇带着最新的男朋友给麦加看，略带失望地问：怎么，又不看好，是吗？

麦加却笑了：不看好又怎么样，你很喜欢不是吗？

蔷薇也笑了：是，我从来没有像今天这样勇敢过。麦加，我终于懂得了你的勇气。虽然我们的恋爱，最终都会以这样那样的原因分开，但是至少主观上我们努力了。爱情这事儿，应该是看几率的，爱拼才会赢啊！

再最后，杨一的故事也昭示了。麦加看着这个男人，他不是那样冷酷的，他也曾经有血有泪地爱过一个叫小美的女生。小美是学舞蹈的，却在高中时候就跟着一个痞子去追寻了所谓的爱情。杨一说，他这辈子再也无法忍受既漂亮又聪明的女生为了不值得的爱牺牲，而他坐在那里却一点儿忙都帮不上。

最后的最后，麦加说：原来你不是不懂得爱情的修行。你也曾迂回地爱过一个人。杨一，我站在你的面前，口干舌燥，面红耳赤，一想到要靠近你就心跳加速，一想到要离开你就怅然所失，你告诉我这是为什么。

这个世界上，追寻幸福的方式有很多种。有些女孩子是蔷薇，她们的幸福是一个花园，她们在春风雨露中保留着蔷薇最原始的状态，一次花期又一次花期地开放，直到找到最合适的人过来采摘，而自身从未变过。而有些女孩子，她们是行者，她们的幸福是一条路，是一条通往麦加或是通往丽江或是通往马尔代夫的道路。在这条路上，她们会爱一个人或是会爱很多人，每一段爱情都是一段修行，所以在漫漫长路的千回百转里她们当然会改变。遇到水的时候是鱼，遇到高山时候是飞鸟，但是心底却存着对爱情的最高祈盼与朝奉。

不爱似深爱，大爱似不爱。

爱对麦加们而言，是凤凰涅槃飞蛾扑火的疼痛绝望以及永无止境，唯有这样的爱，才被朝奉，才在黑日罅隙里，透露出她们此生为爱融化的华光。她们是爱情最忠贞的信徒，带着泪珠幻化成的佛珠，孤单上路，披荆斩棘，恸哭过后，欢喜朝圣。

我的闺蜜麦加，她们，是一群找爱的人，不是一群等爱的人。

我的闺蜜蔷薇，她们，终于等到了想要的人。

这天下的女孩子，无论是麦加或是蔷薇，她们，都是值得被爱的人。

不是信女，所以忘了善男

有个女孩儿叫萝莉，她只爱大叔。

一

成熟的男子，鬓有浅霜，在这个繁华都市里，他有着打拼多年过后沉淀的君王气场，却赠你万千宠爱。

刚开始你务必是欢欣鼓舞，暗自感动。彻夜不是欢度，更多时候是畅谈，他看穿你年轻的面容老去的心，提笔教你写繁体，如同俊朗时的父亲。他还可以与你秉烛夜谈，从月明星稀低诉至曙光溅起，先秦历史与汉代风云，亦师亦友亦兄亦父，你瞬间就愿意失去在年轻男子跟前撒娇的乐趣，换得知己一般的孤寂。

烟笼寒水月笼沙，该是温柔如水吧，你读着他世界里的荒野，未懂却被蛊惑。稍稍几个画面，将青春也定了格。抚触他的内心，那一刻屋内只有钢琴的奏鸣。伴着夜他看着你，悠悠地叹气说：我老了吧，三十五岁，今年却有了更多白发。

你如水温柔，信誓旦旦，微笑着摇头。你知自己的心魂的，相比起年轻时候的俊朗，你更爱有些男子老去的容颜。眼角的皱纹眼里的笑，多少故事多少爱。

她自己对自己说：危险啊。她也明白，爱听故事的女孩子，长大后都身处绝境。

你以为这是永久的，对不对？面对他的寂寞，你自知无法改变，却甘心陪伴。梅开时节，百花凋谢，蹉跎了青春也自觉浪漫。

曾经信誓旦旦地对女友说，爱他年轻时候的硬朗痕迹，更爱他老去的气场，却不知自己总是被自己推翻。怕是果真遭了天谴，每日众女皆云对爱情失望，殊不知，最令人失望的是自己。昨日，你以为他是天。今日，才知他不过是梦。他是气场男子，你是性情女子。

隔着十二年的光阴断桥，相逢注定有一番故事。

只是自以为可以拯救，以为自己可以重返凡尘，从此敲锣打鼓嫁人，欢天喜地，却在后来遇到那些小树一般的男子，才知再也无法与之交谈。同坐一辆车，同事的男朋友为了你手指间三百块的水晶指甲而惊吓，你心里想：还是大叔懂你，只会赞你指尖漂亮，不问价格。

与别人介绍的经济适用男吃饭——果然经济适用，连个头儿都是。他呆呆问你：可会做饭？每月可有预算？房屋贷款谁承担？一连串，你顿时愕然。花费一个小时，坐在这里，面对着一个陌生男人，就是讨论如何在一个贷来的房子里过上合法的性生活，就是为了让生活从此拮据而惨淡，就是每天一睁眼房租水电煤气七大姑八大姨在脑海里转。

那颗灵魂顿时溃不成军，羞愧至深，然后肉身也跟着仓皇而逃。是这样吗？

二

你很忧虑，觉得联姻若是为了将生命过得更惨淡，一个人跳舞的日子还是慢点结束好。至少每月吃喝的都是自己的血汗钱，雄赳赳气昂昂理直气壮，不至于为了买一双好鞋被谁数落到厌倦。

走在初冬街头，你顿时觉得人生灰暗。父母催你相亲，你厌倦，骂道：红地毯的尽头就是这些？

既然人人都是这样过，你却为何又不妥协？每月要计算着预算，决定是拖着疲惫的高跟鞋挤地铁还是打车。掰着指头过日子，为了一块五还是一块四一斤而计较。眼看隔壁的女人怀着孩子，还要每日清晨一早排队去跟一堆师奶抢买超市最便宜的菜。上完口语课回家，楼下的平常人家在搬家，锅碗瓢盆样样值万贯。你与他们错身而过，感觉像与一个世界交错。

要命了！

你问自己，你是不是真的可以做到这些。为了一份安全感，从此脱下舞鞋做羹汤。于是背负着这自私和自满的念头你心有余悸，悲愤地发短信给好友：我们回不去了。我们老了，我们再也无法经济适用了。只能守着一份孤寂跟奢华做伴，心碎如此却乐于其中。

你还说：我们娇纵如此，每月的薪水只为脂粉花带，我们总是不安静，我们总是蠢蠢欲动，我们只怕会遭到报应，孤老终身。人人都有熬成黄脸婆的时候——我们不肯将青春托付给一纸婚书，理由竟然是怕腰身走样没办法跳舞。

于是将工作当成家庭，老板当成男人，拼死拼活，告诉自己只要有漂亮衣服就能上天入地，无所畏惧。坚持到了这个时候，等着做残花败柳，也还是不肯对婚书妥协。

于是对自己妥协，没有命做翠花，就等着将玄机熬成玄机师太。

闺蜜如同姐姐爱你至深，却也无法言语。如同你说，你不是喜宝，却还是像了喜宝。

几年过后，大叔消失在命运里。你在补习班遇到小你两岁的美人儿，面如桃花肤如雪，笑意盈盈同你称姐论妹。回头却在深夜打电话叫你出去，你穿着睡衣在凌晨一点打车出去寻，她醉坐在路边，见你就泪眼蒙胧，呢喃半醉半泪扑在你怀中：姐姐，我好难过，我爱上了一个大叔。

你在心底大笑起来。

每年，都有新的萝莉爱上新的大叔。

你渐渐老去，却看着这样的故事如花朵般年年丛生。

关于美丽，关于年轻，关于无助，关于纠结，关于石头，关于枚豆，关于浮生，关于夜奔，关于……一切一切，都是毒药，都是饮鸩止渴。

看着她，终于找到你的闺蜜看着你的感觉，疼惜却束手无策。

美丽总有哀愁，注定无药可救。

三

于是此刻，你认清了内心，知道那个爱恋大叔的她是个魔鬼，就再也不用告诉自己务必在二十五岁左右，放下媚眼立地成婚。你抢不到那个安定的名额，你没命拥有那个安定的福分。祖母绿传给孙女的事情，也许只是别人演绎，你的故事，可能只是一块躺在夏花凋零的窗边的祖母绿。

一夜长大，一生苦短。也许死死地守过几个时分，就可以一梦千年。

你告诉自己，很快的，人生很快的，不是要拥得什么才能走下去的。雾太大，那头没有为你点灯的人，回头也没有。只有身边的一件斗篷，就是那个大叔，他像个斗篷只是抵挡偶然的风雨，他孤寂而狂傲，还会随时离去，你却不愿抛弃去换得一件平常蓑衣。事关性格事关选择，你委屈不了自己。

经济适用，你对着镜中自己大笑三声。连人生都不是经济适用，未来的夫君如何经济适用？于是此夜，你拨通那个人的电话，未成曲调先有情，未语先有泪。你问新认识的那个人：我们是不是可以试一下。

寥寥数语，你眉眼舒展——原来你要的，终究还是一个能让你感到人生不寂寞的人，和你同样能感知到生活第七层的人，能让你从内心深处莞尔一笑的人。

生来注定。心态已经强大，不再要安全感，自己可以给，够多了。

幸福感随之变成头号苛求。即使他伸手不见，偶尔出现。你即明白，选择的是进舞场而不是市场，就请夜夜笙歌不诉离伤，就请独自承受深冬寒冷，再不可抱怨。有些人，只怕此生只做得了自己的“心水”爱人，做不了某某的爱人。

曾经的老男子在那边低低笑。笑你年轻戾气，笑他依然爱你的年轻戾气。他只道他沧桑历尽，却不知一树梨花压海棠，你终于是心魂未定。此心无罪，此心可贵，只是还未臣服而已。你的青春他的过往，终究只是一出戏，散场了，就各自离去。

红阑干，发还未如雪。那就一同欢喜老去，最后归宿给自己。

你想着，几年过后，你终于不是萝莉，你从此也不会再爱上大叔。

脱下高跟鞋，和他一起布衣菜饭

一

眉梢，她最近遭遇了公务员豪门。前段日子相处甚好，可有朝一日寒窗子变成了状元郎，连带着寒窗子的爹妈也开始得瑟起来。

她说：恋上一个人，他家爹娘爱我，我家爹娘不爱他。理由是：他一个研究生＋公务员，怎么可能爱上我这么个大学毕业没工作，东飘飘西飘飘靠投机倒把过活的“飘妹”。

还处在热恋期的状元爷当然很崩溃——原来优秀真的可以成为被拒绝的理由，那我不当公务员了，从此也不跟别人说我是研究生，我跟你一起去飘。

边自恋边卑微，边痛苦边热烈。

她喜欢我的金句子：我只想嫁个我想嫁的人，在一个小城里，跟着他在山上看杜鹃，没有杜鹃也没事儿，野生的树也是漂亮的。我们懂得彼此的苦楚。

其实我们这些年轻女子，活得的确是够窝囊。前二十年，每日上纲上线地背着书包小学中学大学。毕业了工作了，每日上班下班吃饭睡觉，日子行云流水单调无比。选择继续读研的，一边逃离找工作的苦，一边担心把自己的身价抬到如此虚高，以后可算是更难嫁——可是，在爱我们的父母看来，这是一种安稳。他们希望我们，找一个不那么“攀高枝”的人。

可这种安稳的背后，受折磨的是我们骚动的心，是我们想追寻自由的灵魂。我们痛苦，却不能说，因为父母觉得我们衣食无忧，居然还痛苦，“天晓得你们痛苦些什么”。所以即使痛，我们都只能一直一直这样憋屈着痛。

可是，直到有一天，我们遇到一个人，他也许相貌平平，他也许出身贫寒，他也许哪方面都是父母看来最不合适我们的那个人，但是他和我们同样厌倦这个狂热却苍白的世界，他和我们一样想要去寻找一片桃花源透透气。只是这样简单，真的只是这样简单，我们就开始觉得幸福。可是这幸福在爸爸妈妈眼里，是“穷快活，瞎开心”。

想要找到宁愿放弃仕途和文凭和我们一块儿回乡下去，

亲手倒腾一片小荷塘只求白饭的一个人。而闺蜜，依旧想要找个愿意和她一起去看野杜鹃的人。她还没有等到，我们就鼓励她继续等。如今她终于等到了，可是面对的问题不是去看漫山的野杜鹃那么简单。

他母亲前天对她说："他公务员，他研究生，你什么都不是，就算创业也只是起步阶段。他爱你什么？我实在想不通他爱你什么。我实在不知道你在幸福些什么。"

他说："我公务员，我研究生，你什么都不是。你的创业只是起步阶段。我爱你什么？你的什么我都爱。要是没了你，我宁愿不要文凭。若是文凭换不来幸福，要这张硕士文凭有什么用？！我宁愿和你一起去飘。今天可以挣到明天的饭钱，明天能够挣到后天的饭钱，我们就不怕。如今，你依赖我给的幸福，我依赖你的依赖，因为从你身上我看到了自己的价值。我虽不是帝王，可能够让你天天开心，也算是一个男人的成就。"

他还说："我能让你幸福，这就是我的事业，这就是我幸福的理由。"

那一瞬间眼泪簌簌流下。她对他说，你给我的幸福，是很多男人拿钱都没能给过的。你说到了，你也做到了，你可以在大街上，在众目睽睽之下，蹲下来给我脱高跟鞋然后把拖鞋换上，只是心疼我的脚酸。然后牵起我的手对我说：不要你那么漂亮，只要你走得稳就好了。

想起这些，我除了祝福，全无其他言语。

二

走过了一长串的从前，好像看了一场一场的烟火表演，绚丽迷乱耀眼短暂，还来不及叹息的时候便已走得遥远。所以齐豫会唱《九月的高跟鞋》：

脱下疲倦的高跟鞋
赤足踩上地球花园的小台阶
我的梦想不在巴黎、东京或纽约
我和我的孤独约在微凉的
微凉的九月

我们穿着标志身价的高跟鞋走在世俗之上，所以我们都是很累的人。这个世界充满机会但更多的是累。我一个人行走这么几年，在梦想渐渐远离的时候，在疲惫不堪觉得人只是在生存而不是在生活的时候，突然间遇到一个人，沉闷的心就瞬间鲜活了起来。

我相信一个人遇到对的人的时候——这个世界依然令人失望，可是他让人充满希望；这个世界依然让人活得很累，可是我们累了他就会背着我们走。

那一刻，我想我们心中都是有一座高山的。暮鼓晨钟，花谢花开，只要有他，去讨饭也是好的。我们这些女子，说得好听点，我们是想要往全身都贴上钻石的人——可是如果不幸福，我们宁愿拿钻石去换一个愿意陪我们去乡下种麦子的人。

记得往年，每逢春天，我都愿意往旅游鞋上套上一双草鞋，去爬那些小山。我美丽的家乡，在春天有着大片大片的嫩黄油菜花和粉色、红色或是白色的野杜鹃。那些花不是一朵一朵，却是一片一片，是一望无际，是漫天美丽，美得让我想放弃一切只在这个小城里开个小店，每天就着一碗咸菜喝碗粥，只要能让我每年春天都能看到它们。

我想，总有人能够理解我们这一群现代女子的思维方式，生活在钻石中，蓬莱却在心中。酒吧里身体摇曳酒杯晃荡，心中想的却是最初最简单的生活。

虽然如今很多人都以为，幸福，其实是这样一个"人"——"他"至少有着一张硕士文凭，有着一套写着自己名字的房子，有着一份体面的工作，有一辆车，有一个和他条件相当的伴侣，有很高的地位，有很大的权利，有……可我闺蜜团的女子依然相信，我们要找的那个人，是愿意放弃奢华和我们选择真正的宁静和幸福的人。

这令我想起一件事。前两日家中买了一台新空调，父亲睡觉时一定要把温度开到25℃以下，哪怕冻得要盖被子也乐此不疲。他说，买个空调，不冷一点儿，买它岂不是浪费了它的价值?

而我们都觉得，哪怕就是开到29℃，只要我们不觉得热了，它的价值不就体现了?

那一瞬间我明白了两代人之间为什么有隔阂。因为他们在心中，给幸福设定了一个标准框架，如果不符合这个框架，必然就是不幸福的。但是我们这辈人之所以还爱着这个世界，还没有完全恨它，就是因为，这个世界的规则就是没有规则。我们有权利选择自己想要的生活，而不一定就是体面的生活。北大毕业的学生，卖猪肉也好，做科研也好，觉得开心就好。

可我们的世俗，为什么一定要把自己标准化了的幸福观强加在每一个人身上呢?正如肯德基普及了，中国菜却不能够标准化一个道理。我们的幸福不能像肯德基那样可以“盐几克”、“油几克”，而是“盐适量、味精少许”。

适量与稍许，我们各有标准。关于幸福，我们各有标准。

有情侣开车出门，必然将路边的空塑料瓶捡起来丢进后备箱，集得多了就去卖个几块钱。被人嘲笑：科技致富啊！开着车捡废品！我们为什么不能捡呢?因为我们买得起车，就不能捡废品了?不是的。我们觉得开心，我们觉得幸福就好了。

三

英语中有一个单词，necessity（生活必需品）。

Our necessities are food and shelter. 人的必需品只不过是食物和住所，但是得陇望蜀。人之所以觉得痛苦，是因为执著，是因为欲望，是因为想要得到更好的食物和住所。

可是，感谢上天，在这种停不下来的追逐中，她突然遇到他。他给了她勇气，让她可以重拾梦想，她就是那个愿意和他一起开个小店，一碗粥一碗咸菜养活自己，只为每年春天他可以牵着她的手去看野杜鹃，或是夏日在自家门前看莲花的人。

所以我就会认为，他是最合适她的人。这就是爱情的理由。但这并不意味着，我们就一定在明天放弃房子车子，放着好日子不过非要贱里贱气跑到乡下去种麦子。而是我们懂得，在这个狂热苍白而又令人痛苦的世界，我们要有这样的心态：奢华可活，贫寒亦可活。

林语堂赞《浮生六记》里的芸娘是“中国文学史上最可爱的女性”。她之所以受到如此之高的评价，我觉得只因为她对沈复说了一句：“布衣菜饭，可乐终身。”

所以，爱我们的娘亲们，你们需懂得，我们想要的幸福不是硕士文凭，不是公务员的身份，不是几百万或是几千万的产业，即使是政界商家或是出身豪门的子弟，我们衣食无忧，可我们想要的幸福到了最后，果真只是脱下“齐豫的高跟鞋”，和他一起“布衣菜饭”。

这世界，好女子身边不乏人选。但是，再多的纨绔子弟的追逐，在父辈看来“合适的人选”的“好条件”，都只不过是九月的高跟鞋，却不是她想要的布衣菜饭。

她靠着那一碗粗茶淡饭，便可乐终身。

世界上，最性感的那个男人是父亲

一

我所认识的她们，全都认为这个世界上最性感的男人是父亲。

他大概不会知道，当年那个沉睡在他手中襁褓的女孩儿，如今会写出这样赤裸的文字。

这个世界，生生世世该是存在的吧，因果轮回也应该是有的吧。如果是这样，她们会更加肯定是他们上辈子的情人。

从别人手中接过自己的孩子，该是一种什么样的感觉呢？尤其是，还是个女孩子，从男性的骨血中生长出的女孩子。她小虎一般的尖牙利齿，躲在他身后悄然长大。

他会不会记得当年葡萄架下的小女儿，沉睡在竹床上，只有八岁的年纪。童年的记忆就是夏日午后的蝉声，葡萄藤的香气，还有被他刺刺的胡须弄醒然后勾着他的脖子咯咯笑的画面。那个年纪她们当然以为父亲和母亲是一样的，都不过是成年群体，是物种，给予她抚育给予她庇佑。

她继承了他雪白的肌肤，并且后来一直感恩。但是，她遗憾，她并未继承他倔强的眼神，她只有和母亲一样细长的眼角，温柔之气大过了英气。她想要那种感觉，她想要保留他的倔强的眉眼，却流淌着诗书的气质。

她看见他的眼睛，那个眼神在后来的岁月里如影相随，一点一滴、不经意地，从她自己的眼睛里展露出他的梦想。后来的后来，很多年后她才知道——此时她已经经历过爱，经历过性，经历过激情或是伤痛、偶遇或是别离，她才知道对于男人最明显的意识，终究来自他，血缘的原始的动物的本能。她眷恋着他依恋着他给予的感觉，潜意识中用嗅觉来确定爱男人与否——嗅着找寻与他相近的荷尔蒙。

但是不是没有抛弃的。那些中学的或是高中的夜晚，任何一个女儿都享受过的宠爱。街头巷尾那个高大的身影，父亲们，接送着下自习的小小女儿们，同样就是那些夜晚，小小的女儿们眷恋上保护，在人生路上的黑巷口会不自主地寻找身影，她们倔强地坚持那里就是男人的位置，那里务必会有个叫男人的动物陪她走过那些恐惧的时刻。那时候他已经不会用胡须触她们的脸，那时候，父亲变得神秘起来。他和母亲一样至亲，但是却是另外一个物种，他们脆弱的方式是烟草，他们流泪的方式是沉默，与后来那些在她们的生命里带来欢乐以及痛苦的物种一模一样，他们同样叫做——男人。

据说只有成熟的男人，才会虽然已经在每日清晨净须，却在下午五点立刻会有青色浮上双鬓和下巴。有浪漫的女作家称其为五点钟的幻影，她们认准这种幻影，爱他，爱五点钟的幻影。而专属于她的五点幻影，有着 1998 年的车祸留下的点点伤疤，更添意蕴。触碰她们生命的爱恋以及激情。

那年，他会寻找她的脸颊亲吻。

如今，她会寻找他一般的亲吻。

怎么会有，怎么会有。她二十二岁以后，他是不是会变得啰嗦起来？他是不是会不经意问你是不是有意中人？她回到家，笑笑地抚他的肩头和白发，深知他已经老去。她已经是女人，已经不再探究他是赋予她生命的男人这一神秘事件。

她成长了 。这些岁月里，怎么会没有寻找过——寻找把最好的东西留给她，会在饭后端出母亲禁止的甜点的男人；寻找温柔地微笑的男人；寻找会在雨中将她藏于衣襟之下，用身体为她遮风避雨，用体温将她温暖的男人；寻找在她欢笑时，他会鼓掌庆贺，冲她扮鬼脸，竖拇指，在她失意落泪时，深深拥她入怀的男人。

二

那天他问：你为什么还不找男朋友？

她的眼泪几乎夺眶而出，“像你这样爱我的男人，还可以到哪里去找”这句话几乎就到嘴边。不是没有恋爱过，却不敢告诉他那些悲悯的时刻，那些争吵那些失望那些没落，那些永远摆脱不掉的孤寂。她寻找他一般的肩膀和味道，寻找他一般吃饭时候的狼吞虎咽，寻找他一般运动过后的浓烈味道，寻找如他的温度。她以为有了这些就有了他，可那些男子太不同了。

面对尘世的纷扰他们会和他一样火爆与顽劣，但唯一也是最紧要的不同，年轻男子再回头面对她的时候依然冷酷而暴躁，她于他们不过是尘世的一部分。而他呢？他会藏起自己所有的烦忧与伤痛。她于父亲，是尘世之外的宝，是掌心里的明珠，璀璨得令明月汗颜。

他为她读诗，他为她写字，他给她取男孩子的名字，他握着她的手教她钢笔字，让她坚毅地面对未来，在他的世界里，她是唯一深爱的小公主。

男人都很像，却并不是每个人都像他。

后来，他看着她开始使用满是英文的护肤品，看着她开始淡淡地描画唇眼，看着她渐渐有半夜不睡觉的习性，眉间慢慢生长出心事。看着她偶尔的落寞表情，看着她偶尔的倔强，看着她发脾气的模样，他束手无策。她的心思渐进缜密，她与他之间逐渐隔着光阴与尘世的距离。她不再是可以让他为她洗澡的小女儿。她羞怯了，止步了，埋藏了，隐匿了。不知道他是不是能够理解，十八岁以前有他的日子是一幅水墨画精致而宁静，后来她变成都市里的女子，开始在某个夜晚陪伴着她后来爱上的男人……他渐渐读不懂她的心。她呢？一个人的生活里有过爱有过恨有过仰望，她渐渐失去他的庇佑。赤身裸体，遭受人生风雨。

他是愿意保护的，但是却无能为力。她渐渐远离，他目送她的人生。她想起初中生物学上的草履虫，分裂，分裂，同样的骨血，然而终将分离。不是所有人类都是多细胞的，有些人，有些灵魂，她们只有一颗细胞，叫做心，切肤地感知这个世界。

他不会知道这些。他给予的保护，终究要在某一天停止。婚礼上的交付只是形式，而命运早就将这些女子交付了出去。他们是大地而她们终究要像蒲公英一样飞出去，蓝天也好，大海也好，飞舞也好坠落也好，他们的使命总有一天会完成。

不是么，好多个她们，从小巷口走了出去，穿梭在了悲欢离合里。从姑娘变成待嫁的新娘，最后孕育出自己的骨血，蜕变，蜕变，而身后永远会有注视的眼睛是属于他们。

他们是最爱她们的，但是总有别的男人将她们带走，从此，他只能见到她的背影。

她　们

每个女人一生之中必须有许多男人做踏脚石。

——亦舒

凭什么就该
当你的杠杆女

嫁人当嫁经济男，娶妻就娶杠杆女——这是哪里的鬼话？

所谓社会和谐就是这么回事：一个人要，立刻就有另外一个人能给。

经济适用男，其实也就是个和谐的产物。当女人们感觉到，再这么挑下去必定挑成齐天大剩的时候，就给自己找了个台阶下，也就是说，白马王子哥既然真的只是个传说，爱情的蜀中真的再无大将，把 175cm 的标准每降个 1cm（所谓爱情面前 1cm 难倒英雄汉），把有房的标准条件降为能够支付首期，这一下子升上来的廖化也就不是一个而是一群了。这其实也就意味着——下嫁，果真是无奈之举——并不是说你廖化就真的够格做得了先锋。

但是这个动作到底意味着什么，男人们估计还没有搞清楚，还喜滋滋沉浸在以前不敢奢望的三高美女们的突然临幸的莫大幸福当中。既然上边儿的美女们愿意下嫁了，主动了，那男人们总得找个热乎的理由迎合上去——所谓杠杆女的概念大概由此而生。

只是话又说回来，卖豆腐的娘子辛辛苦苦几十年才能培养出一个状元郎，秦香莲埋没一生才可以造就一个陈世美（后来还被铡了），所以不是所有的女子都是甘愿来做这个杠杆，也不是所有的男人都有资格娶到这根杆。即使娶到了，你也要有那个资质那个硬度能够被撬起来。

话说我老父亲那代的男人，深知养家糊口的责任，事事亲力亲为，从不觉得自个儿的发展要靠个女人做什么杠杆。

如今倒是可笑了，一堆男人不以为耻反以为荣，没出息的根本原因，竟然归结为没娶到一个旺夫的老婆，这混蛋理论，也不知道是谁给弄出来的。

可怜啊可怜，这一辈的年轻女子，挣扎着被父母含辛茹苦拉扯大，受完高等教育，辛辛苦苦毕业，拼死拼活在职场上站住了脚，才发现周遭男人貌似赵云，实则一箩筐一箩筐的阿斗。心想着算了，吃点亏，烂柿子里挑几个青果，回去捂捂就成熟了，自己委屈一下作杠杆，也就算了。

可是，这杠杆理论一发布，没见着多少璞玉磨成了璧，倒成了句癞蛤蟆都想吃上天鹅肉的大佛咒。筐儿里的烂瓜烂果拿着这张符，全都叫嚣起来了——怪我不成熟？NO！只怪你没撬起我来！

这样，那只好不客气地说一句了，你男人撬不起来，关我女人什么事？

其实，也不是不愿意当那根杆子，关键在于你本身是不是个内涵丰富的地球。男人看似在大力褒扬杠杆女非凡的智慧，不吝把杠杆女推到成功的操盘手位置，其实不过是“我是英雄无人识”的心理暗示。当然，我非常愿意相信那些叫喊非杠杆女不娶的男人都是潜力股，而非烂股，非扶不起来的阿斗，因为他们敢喊，就应该有敢喊的底气。

但是，倘若这个世界上潜力股常有，又何必叫嚣着杠杆女不常有？真是一股潜力股，迟早是要看涨的，你何必费那么大劲，非得急着找什么能力出众的杠杆女，寄希望于她们的能耐，把你给撬出来？

所以说，我还是希望在各大郎君心目中，女性就是根绕指柔，别整天中不了五百万就怪自己女朋友面相不够旺夫。女人们要嫁经济适用男，这压根儿就是个悲剧不是喜剧，爷儿们该自我反省，居然还整天不以为耻反以为荣迎合着要娶什么杠杆女。还真不怪我刻薄，若不是女人越来越硬男人越来越软，依着男人一贯的牛脾气，不早叫嚣着非 1 尺 9 细腰不娶了。

总之，他要是块可以攻玉的石头，我就是牺牲自个儿的腰身给喂成母猪版也要拼命把他给撬起来；可他要是滩千年难遇的烂泥，本姑娘也只能自认道行不够——只怕还有各位道行深的姐姐们就是根金箍棒，也只能一边儿凉快，撬不起这火山熔岩泥。

一笔打翻
佳人心底的才子梦

一

如果有一个人跑来问你：你换了男朋友吗？

如果你调戏他：换了。你说哪一个啊？

如果女子这么回答，总会招来非议一片，无非是“男友多到自己都数不清了”云云。想当年，我年少，遇到此类反问总会胸中一口恶气翻腾，务必与人争辩到死，自前男友的坐不改名讲到现今男友的行不改姓，从真情讲到假意，生怕解释得模糊了被人误认为水性杨花之女、招蜂引蝶之妇，势必使人明了“其实我不是那么随便的人”……

而如今，我不过笑笑，也不回答。

是的，我硬气了，我冷下来了。因为早明白了一件事，怎么说一干年轻女子，不老也不少，无需装嫩扮清纯，打扮起来时彩也能出得大把。所以，稍稍漂亮的女子交往过几个男人便更不是什么丢脸之事。而不相干人等根本无需知道，此时姑娘我身边的过客到底是哪一个，不过是哪日我结婚他们只管来送钱，新郎到底姓甚名谁是自哪一号突围出来的，干他们何事？我的红地毯归我走，我的苦水也是自己吞，看客们并不曾给我辛苦之路铺过一石，也未曾替我分得半杯苦楚酸酿，至此，我也并不需要向谁交代清楚什么。

曾有一闺蜜对我说："不知不觉，细数同自己交往过的男人已有十几个，猛然竟会吓自己一跳，想想自己真不是那么滥情的人啊，而再遇到新人，也丝毫不敢提及往事，生怕自己一不留神就被眼前人当成了木子美……"

她最后一句话，惹得我拍桌大笑，笑过却酸酸楚楚起来。谁不想从一而终，只是这念念不忘之间，竟不知不觉就穿梭过如此多的人！但最可悲地就是即便穿梭过如此多的人，那那那个对对对的人，他又真真真的在哪儿呢？！

总是找不到他，原因或许是我们当时太年少，又自仗着多读了几本书，真把自己当成了李清照，还以为只要真心寻觅便能寻出那个赵明诚，因此就这个多金的看不上，因为他不懂诗；那个懂诗的看不上，因为他不多金。寻来寻去，给自个儿心里生生地造出一个有着潘安貌明诚才驸马金的男人影子来了。真照着这个影子去寻，也就错过了。

某一日与我妈谈心，说如今男人，真是无趣。有钱的，连个挑衅的衅字都不认识，要读成挑板；没钱的，害得我们连条五百块的裙子都穿得愧疚。

然后老妈冷笑道：你们如今还想怎样？！这世道，找到个有钱男朋友请你吃喝玩乐看电影，这是多少待嫁姑娘求之不得的事。你们倒好，还奢望着他与你同醉同饮同唱诗？贪心了！贪心了！姑娘，这不像科举年代了，如今有俸禄的男人都难懂诗词！

霎时就明白了。众人说，才女难嫁，不是无道理的。

二

于是有一天，我对亲爱的某人说，如今成熟也许就表现在，我们并不会期望着身边的那个他兼具自己全部幻想于一身，能买礼物能送花还懂我们的笔下，我们只需他把咱当个娇滴滴的女人看，买了胭脂、水粉、华衣美服，还知冷知热知道体贴入微就行了。

她答：才子佳人是不合拍的。佳人要脂粉堆，才子没钱买花戴。

精神物质不可两全，才子财子不可两全。才女若是有三分貌，嫁个商人妇都能算是个金玉良缘的大好结局了。随后说起当今最大愿望，众姐妹皆是自立自强自己买房，最好是“我有钱他多金”，夫婿不必懂红楼诗词，只需每月定时交付家用——阿弥陀佛！

夫婿木讷无所谓，姐妹相知也幸福。有什么了不起，幻想着以后：众等姐妹，若是这柴米日子过烦心了，随便抽个周末大家欢聚一堂，对着大大玻璃窗，摆上一屋子蜜饯水果，熏着香炉，放着音乐，看着杂志，嘻嘻哈哈地过上这么个下午也就足够了。大家心知肚明：嫁了商人妇，还能抽空与姐妹们酸腐一把，要是嫁了酸腐才子，诗书恐怕都要卖了买柴火了！

谁说不是呢，明白就好，自古鱼和熊掌不兼得，忘了那才子梦也好。生活本身就是柴米吃穿，嫁汉吃饭。才女或是菜女，并无不同。苦苦寻觅那个明诚梦，只会误了尔等大好青春。

所以，去爱吧，像从没爱过一样。

所以，去物质吧，无所谓别人看你像看花蝴蝶一样。

所以，遇到感觉对的恋爱也就随心即可。

而倘若真遇上那位公子非要犯贱追问：“你交往过的男人，有十个了吧？！”姐妹无需爆炸，只用莞尔一笑：“我交往过的男人，绝对没你交往过的女人多。”

而这些如今都不重要了。才女或是伪才女，挑男人的眼光实在无需刻薄，所以我一贯是敢把此时过客的名号爆出来的：如今，过了那个心心念念的人，过了那个百依百顺的人，再在此时此刻遇上位新秀，我们也就再也不与他计较懂不懂榛生与安妮。

那些酸腐东西与伪才女们大可谈到嘴干，而爷们儿的责任，不过是慵懒时候我可随时电话他：我说亲爱的，把你老人家的卡准备好了——姑娘今晚要吃龙虾、打保龄、逛商场！

哈，不知道如今的年轻女人们，是不是就这样吓死了年轻的男人们。

恶俗的女人，才过得舒服

一

与曾经一起泡吧的女子闲聊，她们都说：雅，你变了。

我笑：变什么了？变俗了。

后来跟闺蜜 A 闲聊说：我好久没看书了，也不看电影。

闺蜜 A 说：我也是。

记得曾经说过，如果读书是为了让人格的乳沟更深一点，那么如今我可谓是在缩胸。

闺蜜 B 在空间上写："宅女生活日益侵蚀，如今的我就像是个弱智。久而久之，我也懒得出门了，不知道干吗去。逛商场吧，不喜欢一个人购物；溜达吧，还不如待在家里看电视；博客也不写了，稿也不投了。最近宅女生活过得多，外面世界也不关心——关我什么事？然后就问自己：我怎么就成了这么个人？”

其实这个名字很雅的女人跟她一样。琐碎的生活，复杂的心情，淡然地自我调节。

闺蜜 C 发短信来：你课备了没？闺蜜 D 答：备了。你下期教哪门？答：新概念 2。昨天怎么不出来玩？答：跟我娘又恶斗了一场。然后继续打着哈欠，与她寒暄：刚刚午睡起床，备了三课，你呢？“老娘做个新发型，被我男人贬成一团狗屎，什么心情都没有……”

瞬时又想起闺蜜 E 的一句话：你看我的笑话，我目睹你的惆怅。你路过，我走过，都没有细问。走过路过，时间流过。找了男朋友，我娘不喜欢他娘，于是每每谈到此事就免不了一场恶斗。其他事项：同事还好，朋友还好，恋情还好，事故频发，世道不好。

闺蜜 F 说，寻着那么芝麻大点儿开心的事儿，就是赶着男朋友来了去提了车。注意这个动词：提车。忽悠了好多人，都以为我换车了，买个丰田本田水稻田来着——在 QQ 上龇牙一笑：名牌儿，美利达牌山地车。其实有什么问题，晚上七点提回来，我坐后座，一路狂飙——不在于车高档不高档，在于开车的人高档不高档。好久没坐自行车后座了，兴致极好，我和他穿梭夜色，笑：开久了四个轮子的，这两个轮儿的居然开得爽死人了。

是的，何必。做人何必那么较真。得过且过。是人都有烦心事。

不如学学闺蜜G：只有外婆很开心。老人家七十六岁，没有文化，一直住在武汉舅舅家。我给她打电话，问她在干吗？她在电话那头笑呵呵的：看看排球。我惊诧：您老人家看得懂吗？外婆是这么回答的：看不懂啊，但是我只要看见人家一闹腾，使劲发疯使劲蹦，还抖擞红旗，肯定就进球了……还有就是看颁奖，我也能看懂，唱中国话的歌就是得金牌……

世人笑她太疯癫，我笑他人看不穿。

闺蜜团最近异常疯癫，也许旁人根本没有看穿。

二

记得有次在书城里看书，有个工作人员，四十多岁老女人，不知道抽哪门子风，发现我没有把一本书放回原位——其实我是想买下来就放到了一边。她瞪着一双鱼泡眼，非说一架子书是我一个人给弄乱的。她骂骂咧咧，估计是今日本来就心情不好，逮着我当出气筒子。

我忍了，不做声，她居然无休无止黄河泛滥地唾沫星子四处飞——我一摔书，回嘴："老娘不弄乱你哪来的事做，哪来的饭吃！"怔忡之间，这一句竟然吓了自己一跳，自己已经全然不顾拎着小坤包脚蹬高跟鞋的形象。回过神来，索性继续发飙，插着腰伸出手指："把你们老板给我叫过来！看他哪只眼睛选的你这么个东西……"

与我一同前往的女伴，我看见她涂着闪亮唇彩的嘴在我眼中变成一个O。眼睛也是。于是我拉着她，气冲冲踩着高跟鞋噔噔噔往楼下冲。

我知道我吓住的不止是自己，还有她。我知道此时的我一定是咬牙切齿，满脸发青，涂着唇彩的嘴是血盆大口，就像白雪公主的后妈。我也知道女伴一定瞬时想起曾经的那个我，在水果摊上试了别人一颗葡萄，即使酸掉牙也不好意思不买，否则总觉得占了别人多大便宜。

还有曾经那个我，我妈说东从不敢往西，如今总是为了她恨死我连个男朋友都找不到，动不动就像个泼妇。工作上，生活上，事事如此。

楼上漏水，急得我老爹火冒三丈。从去年开始通知到今年，楼上那家霸王始终没表示。一不给你修，二不给你个信儿，眼看着好好的阳台墙壁让他们家空调漏水给浸成了青苔板，问来问去，找物业，找物管，老爸气得"再不处理我们找法院……"可散步时候，听楼下杂货店老板娘说，二单元有个专门给人家生孩子的二奶，房子被他们家楼上的漏了点儿水，她背后那男的貌似是一黑道上的，跑到楼上恶吼了几声，楼上大气不敢出给他赔了两千块钱……

瞬间就想提把菜刀冲上楼去。

懂了，关键在于人还是不够俗。

我们家书香门第，知书达理，要是我真拿把菜刀砍在楼上的防盗门上，估计那家贵人晚上得规规矩矩给我们家送修理费来。可是我们家做得出来吗？做不出来，所以是我们家的错。活该自己忍气吞声，连个当二奶的家都比不过。

人世道理，多贱几次，人就活得顺气了。这就是自然法则。

是的，生活就是这样。烦心事来源于自己的娘，别人的娘，别人的别人家的某某小姨子或是亲戚，或是鸡毛蒜皮。还有电视上网上一群吃饱了撑着的相亲的人：人家没吃你的饭，你还非要人家的房。

大部分烦恼，来源于内心与外部世界的内外勾结。

所以，我承认，我是俗了。再也不是以前那个花钱似流水，开车逍遥游的我。我会算账，会争执，会把头发梳得顺顺溜溜，编成小辫子，梳成我曾经最鄙视的那个俗样儿，还夹个带水钻的恶俗发卡。可是男人们说啊：恶俗的女人，才过得舒服。

有道理！

大家俗，才是真的俗。

一生需要多少男人做踏脚石

答应了你不喝酒——没有办法，我最近静默低落，一到夜幕降临就昏昏地想流泪。

又不想随意将自己丢给谁拥抱，所以只会邀上好友喝两杯，好趁着点儿酒兴乖乖地回家倒头就睡任何事情都不会再想。

单身时期常有忧郁与愤恨。

不是酗酒，我不过是已经学会了用自己的方式解决自己的困苦，好不让自己随意去寻求一些帮助。懂得什么时候该觥筹交错，什么时候是小酒怡情。心里难过的时候醉一点儿回家去睡，好过去找谁哭诉些什么。因为惹人怜爱到了最后终究还不是变成惹人厌烦。虽说最近工作上的事情一团糟，也没有像以前那样抱怨。忍耐着生理痛，静静地倒杯热牛奶给自己，然后在茶水间的窗边待一会儿，再回到办公桌前深呼吸一项一项做着手边的事情。

去年的时候我还对你说，我受不了凄清，夏天必须要有人陪我恋爱，秋天要有人给我把珍珠奶茶送到手边——瞧，今年我就好多了。因为以前自己一个人默默地度过那么多年，真真地厌倦了荒无人烟的心情，只愿意在狂欢中孤单在孤单中狂欢。那年我还告诉你，我杞人忧天，年纪轻轻就开始担心自己太挑剔会嫁不出去，所以过早惶恐了。所以那么烂的男人要当宝来恋爱。

年少时候因为不知道人生有多久，有多难，所以总是爱承诺，愿意承诺，随随便便就能说以后我们要怎么样怎么样。他坚定地要给你幸福，你也坚信可以，知道后来谁都做不到，也就不再愿意随便交付自己给谁。至此，我们都仿佛平静了。身为女子也就知道了，开玩笑的时候就可以说：幸福的感觉是自己找来的，不是你随便能给的。

其实你我都明白，各自的青春只有那么长，为其悲戚还是怜惜都不过是场戏份，到时候了它走了就是走了，留给我们的就是一堆荒芜与皱纹。那怎么样，要去死吗？犯不着的。那个年龄的界碑一跨过去，说什么都没有用了。什么谁浪费了谁的青春，这话自是不公平的，谁都付出过，只是后来都心里太清楚了，谁都承担不了另外一个人。没关系的，面对它，承认它，然后给自己一个微笑。

不是不愿意付出，不是不愿意全心全力去爱一个人。是给过了就知晓到了一定的时候，爱情还是付出才会比较真实。在没法儿再付出的时候，不如自我珍重。

还是记得年少男子的身影。牵着你的手对你说，跟我走，我真的不会放手。樱花飘落满地，梦幻得一塌糊涂。后来他就真的放手了，我一个人走了那么远的路，遭受了那么多的风雨，直到今天成长到稍稍坚强。流泪或是心碎，都不再是解脱而只是宣泄。再也不会寄望谁会牵着你的手走过些什么。

感谢那些没有承担起责任的男人们，感谢那些抛弃过所谓挚爱的男人们。如果不是他们，我们在荒芜的人生里不会成长得如此之快，我们不会知道根本没有必要把爱情当作事业，除了恋爱，人生还有那么多的东西可以去探究。人生乐趣的产业支柱越来越多样化，任何一种都可以让你欢乐每一天。爱情不是朝奉的唯一对象，更值得朝奉的，是你自己的未来。

此时若爱，那就真是一场爱是一场陪伴，没必要以爱之名来换钱，不屑于哭哭啼啼苦苦哀求男人给我婚姻——当不再把自己的未来寄托在某一个男人身上，当自己蹒跚学步然后在这个城市里站稳脚跟，当在周末的早晨睁眼醒来可以行云流水般一个人梳洗然后一个人坐在桌前吃早餐，当这一切都变得自然，就不屑于再用所谓的爱情去交换些什么。此时的爱，反倒变得纯粹起来，相处倒变得容易起来——我珍重与你在一起的时光，把未来交给上苍。不需要你的承诺，不需要你的欺哄，不需要你的施舍。

我尊重了爱，上苍也会珍重我。它教给我：很好很强大的男人在崎岖的人生路上不是扶着你的手在关键时刻放掉。他教给你的应该是，我不扶你，你往前走，我会一直在你身边。

别为了所谓的有钱男人给你的那几个买花钱欢呼雀跃。真正的男人，如果真正的爱你，会教你怎么赚钱，会教你走上一条真正的寻找自我之旅。后来这些品格就成了你人生的不动产，无论走到哪里，那些习性与能力，都足以让你做个潇洒而极具魅力的女人。

是的，如果他是爱着你，也会造就真正的你。

亲爱的闺蜜们，感谢那些善良的男人。

亲爱的闺蜜们，同样也感谢那些虚荣的男人。

他们，赐予我们成长的力量。

你在沙一方，我在水一方

那年我们都单身。常常想要碰上所谓的好男人，真的碰上了，觉得并不靠谱。

不是吗？开车的，有房的，不用说，女人碰上男人，如同恶鬼碰上道符。待嫁的女的碰上了多金的男的？那简直是火烧火燎油炸鬼。

那年在办公室里很嚣张，非常嚣张。你肯定知道的，办公室里常常有刀枪不入的女人，七寸高跟踩在大理石上，抱着文件踏雪无痕水上漂，愣头青一定是被她骂的——那叫狂风卷你的小残云。你就想啊，想啊，这世道的女人怎么就变成这样了？

老话，一切拜生活所赐。

当年那是谁，被调戏了只知道哭，如今会巧笑着晃晃手机：老娘知道你老婆的手机号码。

简直是令人肃然起敬。你也是一样，熟知身体一切讯号：皮肤干了找兰蔻，皮肤倦了找雅诗兰黛，脖颈痛了约按摩师，饿了叫外卖，渴了星巴克。噢，住在城市里就是这样好。

一切都有人给你解决。星期天的时候，关手机，自己在沙发上做面膜，做手膜脚膜颈膜，一切都跟朝奉似的——那青春呢？青春也可以这么朝奉？男人也可以这样朝奉？

一切都有救。心呢？心有没有？

心什么都需要，还腾腾地跳着。真强大，好强好伟大。

还有闺蜜，在内蒙古某旗异常开心。估计皮肤良好，经期正常；估计是找到了帅哥聊天；估计是碰上了阳光灿烂。给我发肉麻短信曰：我想你了哎。

没男人想我，只有美女想我，也值得。

我问：为虾米偶尽中意陈道明这种？她说：因为我们是小萝莉呀。讨厌幼稚。

好吧，就把这句话当圣旨。

听着邓丽君的《在水一方》，想着自己老了。完蛋了真的老了。

想着闺蜜还待在那个风沙地，偷笑。闺蜜有一双姨太太的手，我还记得她涂大红指甲油的样子，那真叫一个“真他妈的好看呢……”

我愿逆流而上，我愿在她身旁。想起闺蜜，心中无比欢畅。

我愿顺流而下，找寻他在何方。我们待嫁，心中无比荒凉。

我们的柔情，我们的风骨

一

我的这位186，他的办公室离我的办公室只有十分钟的路程，他的家离我的家打车只需要二十分钟。因为这样，所以和别的办公族恋情不一样，我们常常一起吃午饭。

这样简单却身遭众女友羡慕。我常不知其原因，今日终于得到答案，有人从办公楼上看见我与他在楼下吃饭回来，他给我goodbye kiss。

其实只有恋爱的时候，吃饭才会由一件最平淡的事情变成一件最浪漫的事情。和男朋友一起吃饭，意味着见面之前的唇彩和飞奔，见面时候的拥抱和亲吻，点餐时候的小商量或是小分歧，以及吃完以后的goodbye kiss，各自回办公室或是回家的惆怅。

我渐渐被宠坏，迷恋上goodbye kiss，因为这样才会觉得回家途中不至于那么委屈寂寞。有时是在他的公司楼下，我踮起脚尖；有时是他拦出租车时，我坐进去，他给我扣好安全带，关车门，然后把头从车窗伸进来浅浅地吻一下我的额头。

我的芳心，一贯容易被这些小细节俘获，然后依赖。

工作开始变得压抑，恋情进展却很顺利。人从来不会有两全，但是换个角度来讲，有个goodbye kiss，总比带着一颗疲惫的心回到家好。都市里的恋情，最容易发生在解压的欲望之下。

一个人回家会想很多。有时候心情不好，会一路上缄默，但是有时寂寞，会跟出租车司机聊天。司机们会说：我的老婆天天都打麻将，我们开出租的老婆都打麻将。

那时候我会大惊失色，问：打麻将？天天打？生活怎么办？收入怎么办？就靠你们养？司机们耸耸肩，不以为然，说：养着呗，不养怎么办？老婆不会做事，不养着有什么办法？

很多时候，我们认为自己这样的女人才是有勇气的，受过教育，独自工作，独立自主，却不知天下最有勇气的其实是出租车司机的老婆那一帮女人，赌兴极高，一生押在一个麻将桌和一个开出租的老公身上却丝毫不担心，心态境界无比高超。笑起来肆无忌惮，我们敢吗？不敢的。

冰雪聪明是给自己看的，庸脂俗粉自有其乐趣。她们无需争夺什么，老公总是在回家的路上，而她们总是在家。没有 goodbye kiss 也无所谓，自己从来无需独自上路。

所以与我而言，一个浅浅的 goodbye kiss 才会变得那样珍贵。夜归途中，那点余味足以温暖奔波的心。我们已做不成那样终日在家的女人——饭是与男人同食，水是与男人同饮。太多时候，我们打卡下楼，在塞满人的电梯里闭目，寂静无声，出了电梯门抽空和男朋友吃个午饭然后再匆匆赶回公司。那些年，男人上战场，女人在门口递给他们战衣，掉泪；他们回家，女人放下手中的刺绣飞奔去迎接，也掉泪。如今，他们是男人，也是斗士，我们是女人，却也是拿着剑，与生活作战。

解放了心智，却怀念起女人最初的柔弱。因此，每每短暂分离，能够索要的只是轻轻一吻，那个简单的 goodbye kiss，然后各自回家。

186 偶尔会说：你可以的。你一定也是赚钱的料。必定有天，我们赚房赚车，赚幸福。但随后会给一个告别吻，说：不过若是辛苦，就不必拼。

此时这吻，就将我从一朵铿锵玫瑰，柔软成一汪清水。我知，这时候浅浅吻的安抚，是告知不必辛苦，终究只是个女人而已，大不了往后退一步。某日看新闻，记者问探险家，没有食物和水如何穿越沙漠。探险家答：我心中自始至终，有一个苹果。

至此我才方悟，那个 goodbye kiss，那个苹果。

二

至此，你我皆变。

广州连日小雨，细雨润人心。我对着 186 埋怨：为什么还在下雨？当初就是不喜欢冷，不喜欢阴雨才到广州来……他摸着我的头笑答：不是所有事情都像我这样任你的意。

最近渐渐变成被男朋友宠坏的孩子。穿着以往从来不尝试的牛仔裤运动鞋，手捧大卡司原味珍珠奶茶，游荡在广州的街头。细冷的眼角逐渐变得圆润，清醒的头脑逐渐变得无谓。不写字，不孤傲，不凉薄，听话而乖巧，躲在男朋友背后用好奇而警觉的眼神打量这个陌生的城市。

左手奶茶，右手男友。这个画面最近不断地不断地被重复——我不是这样可爱的类型，内心极为清楚。我是铿锵生猛而有底气的女子，最喜欢的衣服是黑白，最爱的鞋子是高跟，最爱的姿势是冷漠，最爱的妆容是似有若无，以及最爱的女友是十二。我，我们，晃荡小半生，凉薄城府深。

所以感情是奇怪的东西，人往往会喜欢上与自身截然不同的人，然后自身就渐渐发生改变。换做一年前，面对这样的改变，我一定会嗤之以鼻，用无比高端的姿态对待眼前人，内心呼喊:凭什么，凭什么我要改变什么？不可以，不能够！

不是吗？我们曾经都是那样倔犟的女子，始终认为眼下的姿态是最好，自己永远是最好，如果恋爱，并不值得去改变什么，自觉谁都配不上我们。若有丁点儿改变，瞬间尽失了安全感，感觉遇到魔鬼一般——碰上能令自己改变的人居然从不觉得幸福，只觉得心惊胆战。

城市冰冷，在下雨，一如心扉。为什么此刻会说起这些？

十八岁的时候，只想找到如荷西般的男子，一起看人生大起和大落，吟诗作对。

二十二岁的时候，只想找到个有房子的男子，一起度过不上班的周末，看碟昏睡。

我不知道面对这样的叙述，你们会说我是萎缩了梦想，还是找到了幸福？

若有一天，我十指力赚，为了一个房子磨破指尖，或是挑了一个伙夫而不是王子嫁掉，你们会祝我终在尘世里落定，还是怀念起那个眼线细长深夜不睡的娇纵女子？

妥协了。热爱起左手的奶茶，眷恋起右手的温度，内心的善良被挖掘，任何一段感情都竭尽全力对待，任何一个稍微正确的人都认真争取终老。粉黛昂头慢慢变成温软低头，风骨渐渐化作柔情——果真如此，你们会不会依然记得我是那个不可一世的小艾雅，还继续不求回报地将所有祝福赠与我？

你们到底是会祝福这段温润的开始，还是吊唁某些风骨的遗失？

三

有些天找房子，搬家，我畏畏缩缩跟在他身后看他抽着烟讲着粤语与中介周旋，自己却拳头暗暗握紧手心出汗。我可以吗？我真的可以这样独自一人讲价、搬家、购物、收拾，抛开那些伤感意念专心简单生活吗？此刻想起十二曾经写过的："台风天搬家，劳心劳力之后，还要得人埋怨，也只能一概承担。睡一觉之后，默默忘记。睡一觉之后，默默忘记。再累再饿，回家给自己煮碗面吃完不想家。洗衣机坏了，灯坏了，煤气没了……与生活琐碎无穷斗争的女子，没有什么好哭泣。"

来这个城市的时候，我曾经想过做这样的女子。现在我才知道，并不是有了工作、烟、酒、性，就意味着长大。只有当一个人真的可以承担起自己，独自面对生活中的苦难与冷暖，成熟才刚刚萌芽。而我总是会遇见不同的男子，他们或许是我的兄长或许是我的恋人，细致而关注，并不给我机会长大。在这座城市里我总不是独立的，而是有所依靠的，当这些依靠通通撤去，自己需从头调教起自己。

这是好命，还是危险？有所依靠是幸运，还是侥幸？

每到周日的晚上，我就会想这些。周末综合征：离开他宠爱的怀抱，回到自己的家，无比伤感。深知昨日是无限娇纵的周末，不需懂柴米油盐，明日睁眼就是职场的召唤，无奈的早会与格子间。

人的确是变态的，总是忧患幸福，却安乐痛苦。都市里的人，共患难的人生。我的女友们共患难的人生。

那又怎样呢？我想无论是独立还是依靠，这些日子总是好的。你们在这座城市的角落，想念我、祝福我，即使哪天遗失，我并不会伤心太多。内心有柔情展现也是好的，但是我会记得，哪天若是玻璃罩碎掉，我依旧可以瞬间还原，默默和你们走在这座城市的街头。

这不是欲望都市，我们也并不是美艳迷人四姐妹，只是在幸福远去，不管风骨或是柔情的日子里，我们都会彼此十指相扣。

想太多，就会难为自己太多。终究只要学会“我会好好过，若有人爱我”，就是幸福永远罢。更清楚的是，你们终于成了内心深处最大的依靠，知道无论何时有你们安抚，就可以大胆去爱，爱就绝对不再成为可怕的事情。

于是我们就此分手，各自掉头，各自以各自的姿态生活却每天惦念。于是就忘掉那些风骨，拾起那些柔情，努力爱、尽量爱，然后对自己说，如果还能爱，如果还有你们，果真就是件幸福的事情。

于是我也就不再忧患或是安乐，可以大胆牵起他的手，心想着不论是不是牵对了未来，我都要度过这些风骨或是柔情的现在，除了你们，总得有一个人，要陪我度过这些现在。

那年，
她们与杰克逊寂寞共舞

失恋了。因为只有彼此给予安慰，所以常常会在不同的城市做同样的事情。

所以当她说：去看杰克逊的电影。我便说：好。

合上手机，不撅嘴，不任性，系好安全带默默地靠在椅背小睡。华灯初上，闭着眼感受夜色迷离，电台里刘德华唱着《暗里着迷》：其实每次见你我也着迷，无奈你我各有角色范围。

叹息自己的抗寂寞能力越来越好，甚至以前最恐惧的黄昏觉醒来的感觉，甚至最恐惧的被谁丢下一个人去哪里玩乐的事情，也可以被一碗热汤，或是什么温暖的东西很快驱散。而今日所想是，好吧，如果忙可以成为这个世界上男人的万能借口，那么找一个女友来挥霍一下周末也可算作是灵丹妙药了。

短信群发，阿三顶着12点下班的奔波顶着广州万恶的交通来陪我看一点的电影——看看，在这里鄙视一下总有诸多借口的男人，说声女子比情人靠得住不知道谁还敢顶嘴。

一点，她急匆匆气喘吁吁赶到影厅门口。我穿梭到门口接她，牵她的手把她拉到座位上，她的眼睛闪闪发光。

灯光熄灭，音乐环绕。MJ在屏幕上说，一切为了爱。MJ还说，你要给我暗号。MJ常常说，GOD BLESS YOU。

除了电影很难表演落寞。奢华与灿烂，舞台上的MJ如同真实人物在开一场盛大演唱会，我们朝奉这种灵魂。三儿在我旁边小鸟依人。她亦是简装版的人儿，外表柔弱无华，内心浪漫奔放。自从认识她们后，我常常会对美得出众的女子心存芥蒂，认为无可探寻，反倒是那些“幸好不是美女”，被认为更值得期盼。心学会了倔犟地挑剔，也就更加敏锐起来。

审美开始改变，所以看MJ，不如说，真真成了感觉MJ。

人不太多的影院，两个貌似年轻的女子，抛弃各自的情人，来听一场灵魂的演唱会。我们前排的小鬼们，每每在MJ的高潮音乐片段时刻，就开始忍不住晃动身体，几乎要在座位上跳起太空步——我和三儿相视而笑。他们太年轻，和我们隔着光年一般的距离，虽然今天，我们都穿着T

恤与球鞋，可是看见这种发自内心的不管不顾，自我陶醉，还是感叹——美人老矣。

记得我第一次接触MJ，还是初一。那年学校的元旦晚会，零下的温度，有一群当年被看做bad boy的男生们在台上穿着单薄的衣衫跳了一曲。舞步生涩而真情，可惜那年的小县城对此一无所知，对着那个经典的MJ胯下动作欷歔不已。女生们掩嘴而笑，夫子们怒目而视。

多年后，我在繁华的城市里追寻一段逝去的记忆，却发现当年跳MJ舞步的男生我连面貌都不再记得。他们不知遗落在了哪里，会不会在这部电影放映的日子里想起他们的花季雨季，而且被一个素不相识的女生忆起。

其实，很多人都不太熟悉MJ，包括我在内。人们都是这样，在某些东西失去的时候才会去仔细探究——原来那么美好的事情，在它们存在的时候，我们都不曾关注。我们以为它们一直会在那儿的，会等着我们找到并爱上。

人生最怕来不及，这感觉越来越清晰。三儿一直在身旁叹气，说：天妒英才。

没有什么的。MJ在彩排时一直在说一句话，你给我暗号，我知道下一步要做什么。

而我们的暗号，早就不知道去了哪里。去爱一个人也好，去做一件事去赴一场宴会也好，我们从来就忘记了那些hints，那些codes，因为太过于自我激进，只顾着自己的表演，所以忘却去听别人此刻给予了什么信号，是不是该暂停是不是该平缓——只顾着自我表演，到最后还要说一句，我付出那么多，为什么看不到你的笑容。

MJ 不会。他说，你给的音乐，像拳击一般打在我的耳朵里，我很难受。他说，我感受不到我的听觉。他说，你要缓一缓，缓一缓，像刚起床的那种感觉。他还说，我爱这个星球。

音乐的盛宴。关于他，外行人只能说外行话。只是灯光亮起的时候，会依依不舍。挽着三儿的手出门到楼下喝一碗豆浆，她笑容暖暖地说，这要是个结婚礼物，你可算是送对了。

我问她，你开心吗？她转转眼睛：还好吧。然后她继续微笑。然后她说没什么，真的，我会好好做个主妇给你们看。根本没必要逃避什么。

她是即将成为新嫁娘的女子，我亦在影厅昏暗的空气里默默对她说，GOD BLESS YOU。

内心到底是因为寂寞所以要装进一个人，还是因为装进一个人才觉得寂寞；是因为看到万人狂欢而寂寞，还是因为寂寞才把自己丢给万人狂欢而吞噬。

盛宴到底是给众人还是自己。坦然面对总比暗自偷欢来的愉快。这些日子以来，我们都需要派对或是彼此的美好给予生活的希望。繁华落幕，你我各自散场无需留恋，因为知晓下次也是一样，随叫随到陪着彼此看这些故事。有的，在舞台上；有的，在你我身边。

影片的最后，导演对着所有人说，我们要尽情。来看演唱会的观众都是来逃避现实的，我们得满足他们。不能不说，就是这句话，再无需其他。

如果此刻可以逃避，那么逃避过后我们会重新开始跳舞。

她已变成教主，不再是谁的甜心

一

有些女子一生，注定弥漫沧桑。即便是无大悲亦无大喜，表面看来波澜不惊，实则早已花开花落了好几个轮回，暗香浮动了好些个花期。

从甜心到教主，清纯到精准的变化实则是不以自身意志为转移。

当年，笑靥如花，清纯可人，自以为人生就是嫁一个稳妥的男人，然后生个够傻的孩子。所以自小就一路朝着那个爱情的坟墓狂奔而去，对路上别家坟冢前的尸骨视而不见，就那么死死地相信自己是个例外，自己身边那个男人也是个例外，自己烟火厨房也是个例外，有情能够饮水饱到自家的菠菜牛肉汤也例外到会比别人家的浪漫。

以为自己是个凡尘例外，终究就会成为一个幸福例外。

多年之后，才知晓悲剧来源于自认为是个例外的女子会更容易迷失心智。就是那么傻傻地苦苦地认定自己在某人心中一定是不同的——对于男人而言，没有例外，任何一个女人都不过在他的规则之中。

天下大同。

女人说得再好听，都不过是自己哄自己。跟李开复跟马云，跟那些成功男人的一生一样，表面是不断超越创新或者适应潮流力挽狂澜的弄潮儿，多少有些指点江山的浪漫之气。本质呢？本质是出于无奈或是出于资本的需要不得已做出这样或那样的调整与牺牲——只是后来，无奈与狼狈被光环所掩盖，走过之后便不再畏惧将伤痕以经验二字来替代着展示给人看。

现实到骨血里。

女人也是一样，貌似是成长，表面是优化，不过归根结底是情殇。跟男人不同，他们可以展示伤痛及经验，女人不敢。在能够贤妻良母的时候却遇见个不值得的男人，再后来就一丁点儿的委屈都不再让自己容忍。等得太久了，伤得太重了，自我失去得太多了，到后来像个夜夜眼角带泪，却依然要握着拳头咬着牙关才能睡去的孩子。

后来就不相信了，不坚守了，不付出了。

人心思变，故人心易变。指的不是对方，更多的是自己。知道开始把心交付出去，就开始狂躁，开始不安，开始掩饰，开始哭闹。格局，最最怕的是格局，格局一变，不顺大势就会失势。这事常年有，例证一箩筐。

某日在必胜客里，闷闷地小口抿蘑菇汤，他皱皱眉头：你是怎么了？有心事？

我知道这是旅途过后的失落，奔波过后的后遗症。但终于还是鼓起勇气说：跟女人在一起比跟男人在一起快乐。

他讥讽我：小白痴，男人跟男人在一起也会比跟女人在一起快乐。因为同性的世界是一样的，规则是一样的。

不再说话，垂下头：嗯，是，女人们都很照顾我，我也会好好照顾我自己。

他笑：女孩子一讲到照顾永远想的都是自己。男人真是可怜，讲到照顾，就是我的父母，我的女人，我的这个那个，自己都不知道排到哪儿去了。

突然间，我无名火腾的就燃起来了。

就像夏绿蒂准备了许久那句诅咒终于在碰到 Mr big 的时候派上了用场：男人照顾女人有什么不对？女人也会照顾你！会把青春给你！会用一辈子陪伴你！

二

惊讶于自己的反应，真的没有必要的。就像走夜路的人一直对自己说不怕不怕，其实是因为怕。女人一直对自己强调说要好好照顾自己好好照顾自己，其实是因为疏于好好照顾自己。男人还想要什么呢？他们享受了这个世界大部分的权利，本就该承担起这世界更多的义务。照顾女人有什么不对？男人永远都是伤害的建筑商，这是个真理。

他们能做什么，傲视群雄，嫔妃三千，歌舞升平侃侃而谈，年轻俊朗年老还能魅力四射。

女人呢，即使前面全部能做，后来呢？不过就开始变成因为某次发短信给他不回，就永远不再主动发信息出去；某次的约会被他的意外加班取消，就通知他以后不必再来；买了新的暖被，就告诉自己他连存在的必要都不用有；因为约会被放了鸽子就把他从 msn 里头删去！

能做的就是赌点儿小气，无力于大局。做着这些事情开始在恋爱里寻求一切反击的机会。做这些不过是希望自己不要再在点滴中又变成弱者。做这些事情越来越像以卵击石，有什么用？四两拨千斤，杯水车薪。看懂这一些，虽然会悲愤，但终于承认了现实，终于不再纠结。

我母亲曾经说过，美丽或是聪慧，是件好事情，从此去找一个平常男子结婚，淡淡看着自己老去。而美丽与聪慧二者兼有，只怕不是件好事情。此生就只甘愿臣服于一个帝王一般的男子。忍受他后宫众多——这些将他从你身边夺走的，倾国倾城的，不仅仅是他的女人，更多的是他的事业、他的寂寞、他的狂傲，他在云端给你的压抑。

痛苦作尘埃，尘埃里开出花来，成全的就是所谓的美丽与孤单的聪慧人儿们。

从此知道，一见钟情永远比一生一世容易，相濡以沫更是个脑力和体力活。婚姻不是个结局更是个过程，在这过程当中，审时度势，顺应变化，八卦太极，无所不用其极才能爱下去。是不是爱果真是一场较量，你死我活，非死即伤？平常男女如此，王子公主亦如此。到了这个时候，爱在哪里？

只见战争不见爱，各自为政各自春。

哀伤于这点儿无奈的人性，所以做不到淡定。我曾同闺蜜说，我像你，爱你，但终究不是你，好希望可以把淡定和自若发展成人生产业的支柱。可最终还是发觉，波澜对我而言，是生活的另外一种意义，即使挣扎的时候会受些伤害，抱怨时会遭点儿责骂，自爱这是鲜活的象征。

我们希望自己永远鲜活，永远是甜心，而不是在漫漫人生道路上被磨熟了之后，就成了有着一张老脸的教主。

依然想做谁的honey，依然喜欢委屈了就大声哭泣索要，依然喜欢破涕而笑的美好，依然想要保留一点儿傻气和蠢劲，依然想要容易付出，容易受伤，然后发现自己还鲜活地活着，还像个女人地活着。但是如今回头再看，发现这一条路上早已天寒，只剩下一件教主的斗篷，若不穿上无法行走下去。我不是你，却还是像了你。天下女人无异。

那个娇羞的小女孩儿，她已经不见了。

我们的甜心面具，早已挂在墙上。

我们的教主斗篷，披着去抵御人生风雨。

爱是一条大河向东流

一

在一个适婚的年龄，与一个还行的男人，进行一段普普通通的感情。

她说这是一种静好——或许。

他不抽烟，不喝酒，少脾气，但是也不做家务。能够给的唯一安慰，就是我默默在厨房洗碗的时候，走过来抱着说一句：亲爱的，辛苦了。

他不坚守巢穴。周末从来待不住，一定要出门。也许是打牌，也许是干什么。我不关心，亦不过问。两个人有不同的朋友圈，我不会追踪一个男人的去处，是不习惯，也不屑于做翻手机此类行径。因为骄傲，没有其他原因。我不想让他觉得我还是很在乎他的。

但是他也会在十二点之前回来，或是在你提出要求的时候，陪你去看一场电影或是逛一次街，但是，他说不定会在看《驯龙高手》的时候睡着，或是出去接他客户的电话。或是在逛街的时候半路走掉，留给你一个钱包和一句道歉。

他不细心。剪了新的刘海，他不会发现。换了新的指甲油，他也不会发现。

他会一同去逛超市，然后再把大包小包同我一起提回家，然后再吻一下你的额头说：我有事出门了。会买帆布鞋放在车尾，然后在爬山的时候，就拿出来给我换下高跟鞋。会在我感冒时不出门，在家里抱着我，一边喂止咳糖浆一边像哄女儿般说：我们家宝宝生病了哦。

他不关心你穿衣服的款式，任何打扮他都会赞美你。他不会有时间陪你烫头发做指甲之类。他会送你去，然后接你回家，然后继续道歉没有陪你。

他不会陪你穿T恤情侣装。不会给你买毛毛熊。有很多年轻的事情，他都不会陪你做。

分开的时候，他不记得问候你在干吗。你发短信给他，他很久回一句：对不起，我在忙。

他会当你是小孩子。在发现你眼里有落寞的时候，会一边盯着他手中的工作一边说：你想要什么，你跟我说啊。

在你替彼此未来的生活担心的时候，他会说：不要怕，有我呢。

他亦是无法体会你对生活小细节的喜怒哀乐。

但他也很敏感：你是个非常非常聪明的女孩子。

我问他，你从哪里看出来我聪明了？

他说，我就是知道。

他会在股市大跌的时候，一脸严肃。然后我呆在他身边，不知道说什么才好，因为说什么都不好。他心情不好，我也只能心情不好。那段日子他头顶乌云，整个生活相当无趣。后来我发了条短信对他说：我不喜欢你这样。对我而言，能跟你开心分享每一天才是重要的。

他回答我：你说得对，我会调整。

我也曾对他说：可不可以把你想要赚的钱的数量打个八折，然后把多出来的那些时间分给我？

他像听到一句童言似的摇头笑笑，说：现在的钱很不经花的。

我也曾经埋怨他：你像一个只会工作的机器人。

他不回答，我也沉默。

有次他问我：你快乐吗？跟我在一起，你开心吗？

我说：还好，除了有点孤单。

他没有想到是这个回答，略略有点震惊，然后说：对不起，我最近很忙，忽略了你。

我沉默。但我听见我的心对他说：我希望你可以多珍惜我一点。

我只是希望，不要等到某天失去了，再来后悔。

二

我爱他么？说不好。只是知道，在晚上一个人会睡不着，然后感觉到他回来了，能够蜷缩着靠着一个怀抱了就能够安稳地睡去。不知道这是依恋，还是习惯，或是其他。也曾因为渐渐养成的这个习惯，拼命地发自己的脾气。警告自己，不要依赖，拒绝深爱。

因为爱过，就知道，其实两个人最好的状态，不过是喜欢。不爱那么多，只爱一点点，却还相互喜欢与快乐，这样，比伤痛要好太多。

我常常觉得，如果能够一直这样，也算好了吧。不知爱或不爱，只知晓有他也是很好。我们没有太多的话要说，也没有太多的情感要表达。他爱我吗？我不知道，也不在意。我已经过了紧紧追问爱与不爱的阶段。

但是仍然有人继续问我：你爱他吗？说不上来多么爱。我只知道，分开几天，还是会想念。也有人说：既然感觉不到深爱，又何苦在一起？不是没有爱过的。激情四溅过后，亦是无尽的平淡，甚至还比不上他给的这种温暖，虽然有时还是会有些孤单。什么是爱？有痛的感觉才叫爱吗？我想我还是爱他的，不然不会这么在乎。

也不是没有浪漫过。

刚开始在一起的时候，会聊天，他会送我到楼下然后，死活不让我下车，就那样在车里听着音乐然后聊他的工作与过往。我只是静静地听，他只是静静地讲。后来我们一起去江西旅游，然后我们就在一起。那时候他会送粉色的玫瑰给我，会分出太多的时间陪着我。

我并不抱怨他曾经多么多么的喜欢陪着我，如今变得那么匆忙。想起他，满脑子都是他道歉的场景。谁没有热恋，最后都是归于平淡。直到现在，我都懂得，那样一段时间，那样多的时间与他而言分给一个女人做些无意义的事情，已是多么难得。

只是到目前，谁也没有说过我爱你，也没有谁提到以后，或是结婚的事情。如果幸福就是早上出门的人晚上回来了，那么也许我是幸福的。如果爱情就是同一个人一起吃饭一起睡觉持续五十年，我想我正朝爱情的路上走去。

我想我是恋爱怕了。也许我真的是个单纯的人，爱一个人，就会爱到天翻地覆，吵到不可开交，然后彼此给予承诺或是誓言。最后，发现自己无法做到。

于是现在，对身边的任何人，我们都不敢再承诺或是发誓言。哪怕只是很小的一个许诺——因为，我们怕做不到，却给予了对方太多希望。我们想深深地去爱，死死地去允诺，却有些畏惧，有些不敢。于是，只好小心翼翼地牵彼此的手，小心翼翼呆在彼此身边，侥幸地奢望会不会就这么慢慢走下去，一不留神就走到了天荒地老。

人越大会越怕孤单。再倒退两年，我也许会对这个男人，充满了不满与埋怨，会立刻让他滚走。但是此刻，我发现自己异常平静。我看到他闪闪发光的那些特质，亦是静静微笑地收拾着他的缺陷。那就是他了罢，不要试图改变。虽然，我与他不可能回到那些一起吃一碗泡面就能快乐的恋爱模式。

因为他是成熟男人，而我在不断的失望希望中也蜕变成一个大女孩儿了。不去吵闹，不去索要，只静静思考，淡淡微笑。我们默契地知道，爱，或是相伴到老，需要太多太多爱以外的事情来支撑。也许是两个人如同朋友般的支持，也许是房子与车子的背负，也许是能够一同抵御默然与倦怠的能力。

这些能力，远远大过了爱本身在恋情中的分量。原来我也终于走到了不说爱也可以恋爱的年纪。原来白头到老未必恩爱如初。其实这本是多么悲凉的一句话，如今却是多么有能量的一句话。这世上有多少白头偕老，并非靠恩爱如初走到最后。

起初我们都以为有那么一个人，符合我们所有的幻想与渴望，如同王子一般赐予我们浪漫的爱情与稳固的婚姻。后来才会发觉，所谓的王子，不过是你认为他是，他便是罢了。浪漫与稳固更多来源于自己对生活的一种沉着冷静与应对，而并非找谁索求而来。

这样很好，因为自身足够强大，便与任何男人，都可以相处得当。

这样不好，因为适应性足够强，就不会记得，谁才是自己真正所爱。

而此时此刻，给的是真情还是假意，真的无法分清。这世上又有几对情侣，可以坦坦荡荡对旁人说一句，我是深爱着他/她？他爱我吗？在他心里，我究竟有多重的分量，这些都要靠时间来证明。我并不肯定，那就是他，陪我到最后，但如果是他，也是好的。

若这是我的恋人及恋情，一条静静河流，我不知道哪里是尽头，它只是继续在朝前流淌。仅此而已。

做单身公主，还是小胖厨娘？

一

闺蜜结婚的时候那是相当潇洒，就给了我三个字，还是短信发来的：领证了。

我瞟了一眼就回了一条：恭喜了。

你要看看当年我们的凄凄切切，天知道那时候，我们会把结婚想象成多么烟花四放的事情。你愿意永远当单身公主，还是潇洒地挥挥手去做一个小胖厨娘？

年少的时候，我们都会选择前者。多么好，无数的王子等在楼下，亲爱的公主，你所需要的只是挑选——太高的太矮的太懒的脾气坏的，看不顺眼的都丢掉，偶尔不爽快，你还可以直接把您的高跟鞋脱下来砸到谁的脑袋上去。为所欲为，趾高气扬。

而那个厨娘，也许就只能够守着一个农夫，他很爱她，但是他也有很多很多的毛病。他给她建造了一所遮风挡雨的房子，但是，他好像也囚禁了她无数的梦想。

更要命的是，她不能为所欲为了，高跟鞋不能丢了，她甚至要监督他每天上床之前刷牙，她还要学会如何让他出门后懂得回来，如何让他和她一起在房子里的时候觉得不无聊，如何不和他为了他打牌或是她花钱而吵架，如何不和他为了谁做饭谁洗碗而争执。要在他生病的时候照顾他，生气的时候哄他，她从此要学会忍让、照顾、迁就，然后和他一起生活下去。

然后她会变成一个胖胖的，笑起来眼睛眯成一条缝的厨娘。那又怎样呢？《飞屋环游记》里说：我们老了，但是我们更相爱了。

公主还是厨娘。当然，你们也都看到了，我们这群女孩子都选择做了后者。义无反顾，视老如归。为什么？只有一个理由。我们从来都在追寻两个人的生活，而不是一个人的精彩。两个人在一起，会幸福些。而至于这种幸福，究竟是什么？如今，我们已经很难说清楚。

有一个女生很喜欢跳舞。她愿意接受每一个男生的邀请，每一支舞曲都去跳，甚至为此而磨破了鞋子，脚趾出血。听着每一支音乐旋转，筋疲力尽，她说，那时候她觉得这就是幸福。很多年以后，她不再接受每一个人的邀请，只有她喜欢的曲子，才和她喜欢的人一起去跳。当然，有新的 party queen 取代了她，不过此时，她觉得舒适，满足，脚底不会再被磨破。她说，这样，她觉得更幸福了。

我们开始学习怎样放置蔬菜才能让它在冰箱里保持得更长久一些，因为我们没有时间与精力每天都去市场买新鲜蔬菜。我们学会放弃一些闲逛的时间，致力于家里的清洁以及摆设，因为我们开始懂得，外面的时间再精彩终有一天还是要回到家里来。我们开始学习如何与一个男人长久相处，为了做一顿饭或是鸡毛蒜皮而争吵，或是辩论，或是协调，或是计谋，或是抗争。我们变得很好脾气很冷静，不骄傲也不任性，每天笑呵呵。

幸福不是不吵架，幸福是吵架了还能和好并且继续相爱。

未婚夫的同事爱叫他打牌，有时候丢我在家里真的又冷又孤单。我不喜欢洗碗，但是他非常喜欢我给他做饭吃，直到我发现不管我做多少他都会吃光，实在是一位很给面子的 David Wang。可是我们还是因为打牌和洗碗生气了，吵架了，妥协了，沟通了，休战了。现在的结果是：我不妨碍他打牌，但是要适量；我做饭，他会洗碗，而且厨房收拾得越来越干净了。最近我们俩还相当地相敬如宾，经常发自肺腑地去抢着洗碗。当然了，他抢到的次数比我多。

在我不曾需要做这些事情的时候，在我鄙视为了一个男人做这些事情的岁月里，在我亦视自己为骄傲的公主的时候，我一直以为，等我结了婚，这些是可以靠钟点工或是保姆——总之就是可以靠钱解决的问题。

哪有那么简单。感情的事情，只有靠感情才能解决。

那意味着，你要付出比挣钱更多的精力与思索，甚至是妥协以及退让。有时候生气，不过是因为对方忽略了让你感到难过的某件事情。相处中，不能够做那个拿走所有糖的孩子，一定要留一半给另外一个人。否则，他不高兴，你也不开心。

二

有朋友笑我：小才女变成小妇人。

我笑，并不反驳。以前，我的精力在于穿什么更好看，如今我的精力在于穿什么更好看并且更好洗。以前我只会看看自己是不是缺这个又缺那个，现在我还要想到下雪了是不是要给某个人买双手套。

张爱玲说，爱一个人会觉得自己卑微到尘埃里开出花来。曾经我也会这样想，直到你遇见一个人并觉得他值得你那么做。一个女人照顾一个婴儿会被人说成伟大，一个女人照顾一个男人也并非是讨好。照顾不丢人，妥协不软弱。相反，我觉得我更有爱了。何况，他也不是不曾照顾我，只是他为我做的，我不想拿出来说。我希望自己可以做个好人，这样，就会有个更好的人来爱我。

不是满嘴都是爱，而是到了这时候，衣食无忧，没有爱，会觉得生活没有滋味。

咖啡，我依然会喝。不过无需在某个阴郁的下午略带忧郁状泡在咖啡馆里，而是在某个下雪的周日和某个人坐在电脑前喝旺仔牛奶，然后还被他很找死地说一句：还喝，小胖妞，哈哈。他说这句话的时候很有疼爱。

书，我也爱看。只不过不入戏，不着魔。在临睡之前看看杂志，给他做两个心理测试然后取笑一下他的答案。

他下乡，回来的时候拎一堆什么同事送的土特产，气喘吁吁地在门口喊：老婆，收货！然后我们俩喜滋滋地搞一包底料，我做了麻辣烫火锅，他表扬我做得很好吃；他洗了碗，我表扬他洗得很干净。这些平平常常的两个人的日子，会让人感觉很欢乐。

凉薄得久了，总需要一些世俗的东西让自己觉得温暖。没有一个女人希望被爱是因为她聪明能干，才思敏捷，会挣大钱，或是会写诗会作画。女人希望她被爱的原因是她是个女人，而那个男人愿意保护。如果他愿意营造，会发现柴米油盐也是件不错的事情。

两个人的冬天是温暖的，这是不可否认的。感谢那些力争幸福的女人，感谢她们展示了美丽的梦，感谢她们努力地去做一个幸福的姑娘然后又努力去做一个幸福的太太，让我们坚信不是所有公主脱下婚纱后都会哭泣，不是所有的厨娘都是又丑又笨，不是所有人都不能相爱一辈子。一定有人可以重塑我们这一代对爱情以及婚姻的信心。比如我的父母，他们五十岁了，他们依然很相爱。他们就这样幸福地生活在一起，所以我相信婚姻。

我希望以后，我们的孩子，也能说这句话：我们相信爱情，相信婚姻，因为我的父母很幸福。做好婚姻的榜样，不要轻易放弃。展示这世界上还有感情存在，不要教坏以后的年轻人，不要让我们的孩子们说不相信爱情，鄙视婚姻。

两个人的酸甜苦辣，如同阴影里有阳光，愿你我不再只敢爱不敢嫁。好过死撑着说一句：不结婚也很好——好吗？冬天一个人睡半夜会被冻醒，有什么好？如果你有男朋友有老公，你肯定知道男人真的比女人温度高，冬天抱着他们睡觉实在是太温暖太给力了。

女人，最好的归宿在烟火人间

一

有个老女人挑剔我的闺蜜十二说：你最近写的文都没有以前好看了，俗！

她之所以发表此番感慨，想来也没别的因由，大抵是因为十二最近买了房嫁了人，落了地生了根，笔下多了“叉着三八腰与装修小工唇枪舌剑砍价”，以及与老公的家务琐事鸡毛蒜皮，少了“落叶哗哗响她心底一片惆怅”云云。

我同此大妈交往不深，只知道她是四十岁左右离婚女人，当年赚过钱也结过婚，二者皆因经营不善而崩盘。好几次我见到她，挽着十万块的爱马仕包，同一帮所谓的名流侃侃而谈，也爱上前挽领导大哥的手发嗲，貌似自觉有魅力，相当有品。

也不怪她，她大概是习惯了看当年的闺蜜，文里充斥着浪漫与忧伤。

年轻女子大多都有过一段伪文艺的日子，只看到那些虚幻日子的影子，倒见不得同类穿着围裙下厨房的模样了。而与闺蜜朝夕相处过的我，不认为她变俗了，反倒认为她变得更美好了，亦是认为，她的笔下更加深得我心。

我曾见过我的闺蜜们，在我面前试品质优良的碎花长裙与雕刻精致的首饰。那是二十岁的时候。我也见过她们提着 GUCCI 或是 DIOR 的包包坐在星巴克的门口，与我坐一个下午，交谈甚欢。那是二十五岁的时候。我也见过她们，穿着棉布的灰色围裙，在厨房里炒一碗剩饭。那是二十七或是三十岁的时候。我也见过她们在小区楼下，一把拉过准备掏钱的我对着卖桂圆的小贩说：九块！谁说的十块？明明我昨天买是九块，你不要坑我朋友！那是准备结婚的时候。我见过她把精美的铂金戒指取下来，然后把手放进洗碗池里。我见过她们把那些高傲而自私的有钱男甩在一边，然后把手放进温和踏实的经济适用男的手里。我见过她们与过往的幻想与幼稚告别，然后走进厨房煮一碗汤或是白米饭。

出世或是入世，都不能代表什么。也许关键是，要懂得什么时候出世什么时候入世。

于是，我不禁在想，究竟一个什么样的女人可以称为好女人。究竟一个什么样的女人可以称之为魅力女人。究竟什么样的女人可以称之为俗气，什么样子的女人可以唤作脱俗。

永远年轻漂亮，那是个幻象。娇气与任性，也是终究被唾弃的对象。

正襟危坐在高堂固然好，洗手下厨熬羹汤也未必就失了身价。如同最近火热的电视征婚节目，一群女人化了妆，造了型，从来没有觉得自己这么漂亮过，一瞬间觉得自己宛若天仙，于是飘飘然，看到任何男人都不入法眼，问的问题也开始虚无缥缈不涉烟火起来。

嗲声嗲气的小女生对着男人说：我不会做饭诶。

男人点头如捣蒜：我做！

娇里娇气的女人对男人说：我不喜欢闻烟味。

男人受宠若惊：我戒！

我在电视机的这头捏一把冷汗，连最基本的男人谎言都分不清，连最基本的照顾自己与家庭的能力都没有，连最最俗世的女人都不会当——如何永远维持你天仙的模样？

二

我只能觉得，这些女孩子，根本就还没有承担婚姻的能力，跑到舞台上也只能作个秀而已。我绝对不会相信某个男人在婚后，边做牛做马边挣钱，还要顶着高温回来做一日三餐而没有怨言。我也从未见到，恋爱时候戒烟的男人在婚后没有重新再抽过。

花言终究是花言，巧语毕竟是巧语，骗得了女人，却骗不过人性。

日益浮躁的物欲社会，鳞次栉比的现实场景，让很多女人不记得自己究竟该是个什么模样，忘记了如何正确地看待自己或是选择男人。曾经，女人们过于软弱，过于低眉，三从四德做牛做马温良恭俭，奇怪为什么得不到男人的恩宠。而如今，女人们又过于强势，背了两天的名牌包，进了几日的高级餐厅，就非得自诩为永不落地只开不败的阳春仙子，鄙视柴米油盐酱醋茶，鄙视锅碗瓢盆交响曲，似乎一切与主妇沾边儿的事情皆可成为鄙视的对象。

女人有胸也有脑，也许该让自己把持着足够多的自知与自省，清醒地知道何时该穿豹纹高跟，何时该穿棉布拖鞋。何时该耀眼，何时该淡然。何时该犀利，何时该温婉。当当俗世女子，并不是没有快乐的。在洗碗的时候，有个男人走进来抱着说，老婆辛苦了……

不是没有幸福的，而且会比永远穿梭在花衣美服间来的满足。

红颜弹指老，这并非什么坏事。女人，最怕的不是落魄，不是嫁作商人妇，而是没有自知和对自我的生活，没有把控，没有天可入更没有地可落，活在虚无缥缈与幻想之中。

婚姻，或是稳定的恋情以及时光，会让一个年轻女人完成从天使到凡妇的蜕变，完成从脱俗到俗世的变化，成为一个贤妻良母。千百年来的规律而已，并没有什么好畏惧。

不用担心做两天饭，跟小贩讲讲价就失了身份。成熟而美丽的女人永远都是天使。有时候她们披着霓裳在天上，有时候她们系着围裙在厨房。你可以选择永远独身，笑声与浪漫飞在云端，随你自由。但是，一旦你选择做人妻，请降落在厨房，给孩子和老公做饭。

人生自古，
女不长恨水长东

一

如果你也曾那么诚心地写过四年，你一定会懂这种感情，这种意义，这种领悟。

这是闺蜜十二所说的话。

写字本身是一件没有意义的事情，而我们这些女子的字更是如此。兜再大的圈子，扯再大的旗，吟吟唱唱的也不过是自己的一些情调而已，比不得那些大江东去浪淘尽。那么我们为什么还是在写，依旧在写，即使是哪天故作离别状“如果我哪天不写了，你们要记得我”——谁不明白呢？谁可以不写呢？休憩只是意味着下一个阶段的开始。

写，终究成了我们“活”的另外一种表达方式。

想起那时，我是为什么要来写？呵呵，再冠冕的理由，再精致的故事，放到女人这里，还是逃不过一个“情”字。我相信无论是她，还是她，或许是这个最年轻的我，都经历过那样一段时光：大龄未婚，消瘦抑郁，小资大资，成天读些沉香之作或是深奥史书，看起来烟尘不染甚至孤傲于世，然后以此自矜。

故事不过是字，可背后的情感更让我们感同身受。无论是谁的故事都仿佛成了自己的故事，无论是谁的感悟都会勾起自己对人生的感悟。

其实说到底，人生是什么呢？人为什么要活着呢？我们此类人活得实在憋屈，学会走路就开始被精英教育，稍微懂事便被送到学校去束缚，童年不能尽情玩，从小学起就被分成三六九等。进入社会更苦，学了那么多年唯独没学懂感情，书本上教的是至死不渝，我们今后面对的却是要如何抓奸。好不容易后方稳固，拼死拼活却在大城市里像个乞丐，数十年后连个厕所都买不起。活得行尸走肉看不见未来，单身时光疲惫不堪，半夜爬起来自己修水管，婚后生活平淡无奇，学一个阿姨的话“丈夫平庸孩子吵闹婆媳难处，人生为什么不能稍微快乐一点？”

照这样看来，“大龄未婚以此自矜”的日子也很快会离我们远去，每日在这个小城或是大城里按部就班了。无奈，但是，这就是生活了。生活本身是没有限定词的，无所谓美好或是痛苦——它不过就是度日。而一切感触如人饮水各自知了。

知，在我们这里，便成了写。

二

那日在QQ上偶遇大学同学，她惊奇于我的蜕变：你就在那个小城里给安居乐业了?

对的，我就在这个小城里，给安居乐业了。她摇摇头：你曾经是多么传说式的女孩儿啊!

那是曾经的事情了。但是有人不知道，在他走了之后，我写着写着，便遇到了另外一个男人。

正如我对闺蜜说：生活会让天下所有女子以爱情的名义穿越世俗，或是走进婚姻，然后完成从天使到凡妇的蜕变。无论当年如何地桀骜，如何地狷介，如何地眼神不屑，如何地美丽如何地精致，都会蜕变。这就是为什么很多女子歇斯底里的原因。因为太爱自己，所以不忍。而我，却是提早地明白了这些。天使是拿来怀念以及仰望，却不是用来柴米油盐的。

于是我不要仰望，只要生活。痛苦源于不甘愿，而我早就明白了甘愿其实也是一种幸福。何况老天怜惜，给我的是自然而然的甘愿，并未委屈自己。所以，我不知“桔梗姑娘”们是否会找个觉得温暖的人，爱的人，嫁他，然后好好生活，而我确实，心甘情愿，落定了。

不上班的上午，在家中，在一个阴霾的天气里，写下自己积深的这些感怀。我在写 PPT，厨房里在炖汤，吃饭，下午继续上班，晚上回来继续吃饭。

从天使到凡妇，无一幸免。

因为这世上，总有些东西，比如女子、梦想、念头、爱情、蜕变，以及生活，无可解释。

乖，女人只要有人守护就好，传奇让给别人去演给别人看吧。你会幸福的。

我　们

记住，真正有气质的淑女，从不炫耀她所拥有的一切，她不告诉人她读过什么书，去过什么地方，有多少件衣裳，买过什么珠宝，因她没有自卑感！

——亦　舒

女子与女子，
亦可天荒地老

一

如果说我这辈子为什么相信缘分，不是因为男人，却是因为女人。

我在网络上遇到了我的闺蜜十二。

闺蜜总说:你真是我的年轻版。因此我们把头发扎起来，发型很像，身材很像，走到路上，眼里对这个世界伸出的触须，弹回的信息也是一样。有段日子，遇见她后，不知为何偏偏的我们就很好了。我孤独的时候，她告诉我：你要享受。我恋爱的时候，她告诉我:你要珍惜。我逃离的时候，她告诉我：你去追寻。我彷徨的时候，她告诉我：你，会幸福的。

她看着我果真就像看着自己，无法说出来的情感。见面之后，不激动，不血涌，却总是莫名其妙地就牵着手，就像牵着另外一个自己。穿过地铁站，走过天桥，看着来来往往的人，没有浪漫，只有真实，从网络上走下来的人，居然可以让你感觉贴心到这个地步。自己的每一个微笑，每一滴眼泪都觉得不浪费。

有个叫十二的闺蜜，正感同身受着我的生活与生命。

那时候大学毕业，你，和其他女孩儿在冰火城市里结束了我长久的压抑。我心存感激。可是你不知道，出现在我面前时，你穿着白色的宽松摆衣衫，水滴的长长的耳饰，在屈臣氏的灯光下闪亮，我笑，我不自信地想：是不是你？

然后你坚定地走过来，微笑地牵起我的手。那一瞬间我就喜欢上你——你伸手牵过我的动作让我一瞬间觉得亲切——你是多么多么好的一个姐姐啊。

我们做饭，你做土豆烧鸡翅，大大的碗白白的瓷，你加料酒、咖喱粉，然后细心烧制，就如同我们过往在网络上的酝酿。其实我当时好想狂笑，懒懒阳光的中午，陌生而凉薄的城市，我们彼此陪伴，喝完红酒后我在迷迷糊糊中睡着。我想着这是怎样的见面，这是因为什么而见面，若是人与人之间没有缘分，那么为何而见面？

没错，有些女生她们是真的很凉薄，天性凉薄，自己都不知道心里到底有多少故事或是忧伤，或是这辈子会纠葛到什么时候才算个头儿。但是有人会安慰的——“她有男人的时候，做她提包，让她想拎就拎想撂就撂；她没男人的时候，做她贴身奶罩儿，陪着她天荒地老。”到了老去的那天，三个斗地主，或是四个搓麻将——干卿何事？

你下车后，我说再见，是真的想要再见面。

二

我一直觉得，人在长大的时候，一旦过了那一道界限，再回头看你以前的路，就会把不明白的事情看得很透彻，人就会变得现实、世故、圆滑，不再容易受伤害，因为自己会用一种很毒辣的眼光看待遇到的所有的事情，在它伤害到你之前，你就已经全副武装了。

这个世界，有着强烈诱惑力的东西实在太多，权力、金钱、女人、烟酒、毒品、文学、艺术……随便哪样东西，都可以轻易地浪费掉一生。保护自己的最好办法就是与一切事物都保持距离，朋友也是一样。

但是，若是如此，也不指望去看清其他事物。因为所看到的，也只是它们的伪装，或者故意或者无意的伪装。但是这样，你也会失去更多。武装了自己，同时也拒绝了别人，便再也不会那样切身地感受到这个世界，因此，有时候你就觉得冷。惧怕伤害因此永不尝试，其实是在受更大的伤害。而事实上我们应该感谢伤害，因为这个世界上还有让你在乎的事情。你未曾老去，未曾死亡，你的心依然是鲜活的。

因此，我们应该可以给自己找这样一个朋友——再也没有伪装。没有盔甲，就会有很多痛，但是得到了幸福，也感触得最深。就像不用安全套与生活缠绵，风险大，但是也最甜美。

“人们越来越贪婪了。想要钱，想要爱情，想要美好，想要一切的一切。但是我们有没有问过自己，自己又曾经给过别人什么？对于别人的恩赐，我们是不是永远记住了？尤其是女孩子们，总觉得自己的恋人不够好，不够帅，不够有钱。那么他要多好才算好，要多帅才算帅，要多有钱才算有钱？我们的爱情什么时候变得可以用数字来衡量？我们不是在找一个能够风雨同舟的人吗？我们不是应该拥有一个脆弱的时候能够趴在他肩上哭的人吗？我们不是应该和他微笑着度过所有的贫困疾病衰老然后死亡吗？”

这是我曾经写过的句子。如果没有这样的男人，那么，有这样一个朋友，也是好的。

我们的脸上终究会皱纹一片，曾经吻我光洁皮肤的人终究会离去，只有那个很好很好的女朋友，牵着我们的手的人能够在我八十岁的时候，搀扶着我，回忆我们年轻时候彼此浪漫的事情，回想年轻时候各自爱过的人。别问那是不是就叫做缘分。

有些人，你和她相处一生，就仿佛从来没有切肤过。有些人，你第一眼见到她，就仿佛注定的天荒地老。于是，我便会记着她在 KTV 里唱陶晶莹的《女人心事》：

请你试着相信一爱再爱
不要低下头
别怕青春消逝
就不信单纯的美梦
我在这岸看着你
又为你的坚持感动
你会的，有一天会幸福的

总有一帮女人，令女人魂牵梦萦

借闺蜜的话，“我这个伪才女”，那么我也伪着撒撒我臭名昭著的脾气。

请习惯，我们这帮找骂伪才女的脾气往往差到自己都看不下去。大家一般都是常年 QQ 隐身，遇到烦躁的人试探性地调侃，会很不客气地沉默。因为一向是坏脾气，就无所谓别人觉不觉得自己是个乖女孩。再坏，不会比现在更坏；再乖，不会比以前更乖。

若是只为做万人迷便要强装可爱，那做无人理睬的灭绝师太也无所谓。

手机基本上都是主动出击，除了想接的电话其他一律不理。夜里躺在床上，沉默闭着眼睛听歌，任凭手机不断地震动到它也沉默了。只是跟喜欢的人主动联系，想他们了就发短信发邮件。我们都自私，但是自私有一个圈子，只要是被自己拉进这个圈子里的人，就像只藏獒一样誓死守护他们。除了放在心里那个圈子里的人，拒绝任何人的示好与关心——执著的关心反倒会被我们当成无聊的探秘。但是喜欢互相探究精神层面，发表不同意见，从不主动谩骂，还会微笑着稳稳当当等着挨骂。越挨骂越变异，被骂得心花怒放，被骂得面朝大海春暖花开，博客上的那根竹子都被骂弯了，我们还蒙娜丽莎着。

一个二个都是赵敏，恶毒丛生。所以我们的脸皮变得很厚，但是心脏变得很强。我改了花儿的那句歌词。于是成了："哎哟哟，这帮好起来好可爱的无赖女；哎呦呦，这帮坏起来好可怕的无赖女。每个朋友都爱她。每个朋友都恨她。"

就算是我们故作清高吧，但我们的心情彼此都知道。一样，都是离不开闹市，离不开酒吧，离不开烟草，离不开楼底下的烧烤摊，离不开和一堆找骂女三瓶啤酒可以喝到天亮的日子。即使是离开了彻夜的"血色罗裙翻酒污"的美好，终于让自己很正常地像四年前一样笑得灿烂地出现在家门口，心里总还是要扭扭捏捏酝酿出点儿长相守的情绪，心底总要那么像模像样压榨出一点忧伤感怀，才能配得上自己。

淡定，闺蜜说这是我装门面的东西，骨子里是离不开繁华的人。哈哈，所以我们都太清楚自己是什么人。没有恋人无所谓，但是离不开一帮子找骂女。只是早晨宿醉醒来，若是看见手机上光板无短信，突然间情绪一下子失控。低着头就骂：真他妈孤单。就这样。我们一直都是又自知又自恋的女人；就这样，我们一直都是又骄傲又卑微的女人。该为自己的未来准备些什么呢？谁知道呢？谁又敢来给我们指导呢？谁敢说自己真的又有才又成功呢？

QQ 签名改成“不要继续拿你自作聪明的个性挑战我臭名昭著的脾气”。被妈看到，叫我别那么高调地任性。说我情感界限太分明，只有黑白没有灰色地带，这会被骂死的。

但是很可惜，喜欢我的人都要我只管做最真实的自己。但是我知道是他们太爱我了，没舍得告诉我那个真实的我根本就是个烂人——“您已经被系统推荐为精彩烂人，请继续加油”。

谁让再破的鞋也是一对儿，再霉的橘子也是一筐儿呢？

谢天谢地，我们这样的人居然还有闺蜜。

你还记得
你的第一条细纹吗

回想起我的第一条细纹，始于二十二岁零八个月的时候。记得那是个阳光明媚的早晨，清晨起床第一次在太阳光底下梳妆，清晰可见到眼头延伸至眼尾的若有若无的痕迹。

没有想象中的大呼小叫。没有立刻取出多年积蓄跑到百货公司献给 Lancome。没有伤痛，没有遗憾，没有怅然，连一丝波动都没有。

反倒是记起十九岁的时候，见到街上涂唇膏溢出嘴角，穿着 A 字裙肉色短袜挽着头发的女人心生畏惧。不过十九岁的年纪就已开始惧怕年华老去。去约会衣服挑了一件又一件，首饰配了一套又一套，生怕配不上那个长得像王力宏的轩昂男子。

永远嫌自己腿不够长，埋怨自己胸还不够大，遗憾自己臀不够翘，腰却逐渐丰满，就那样怀着对自己的不满过完了初恋——如今再回想起来，觉得实在无趣。

只因做女子从来辛苦。漂亮是一种美德，柳腰是暗杀武器。皆无，只好修炼内心成就所谓气质。崇拜的是美丽永远是王道，若是美成张柏芝那个样子，何愁跨不过艳照门。

不是哀叹一朝春尽红颜老，花落人亡两不知。最惧怕的，不过是人生若只如初见后，却道故人心易变。是的，那年，因为足够美丽，所以坚持美丽是可以留住人心的唯一方式，只因还不够美丽，深深地遗憾。

在广州，二十二岁之时，与男性友人聊天，知他爱上了三十一岁的未婚女子。那是第一次觉得广州的灰霾与内心深处的恐惧散去。

原来硬气了如此之久，才敢承认自己内心是懦弱的。年少时，生怕只因为某一瞬的情人眼里出西施被爱上。等到后来细纹渐生，只觉昨夜还穿着当年校服，转眼却看穿着校服的女子们也开始用起睫毛膏，那新生大有踏平江山行事之势——年老又生怕只因为美丽散去被弃，就是这样恼怒隐秘的情绪，羞于对别人说。

巨大欢喜，长叹一口气。三十一岁，未婚，却被人深深恋上，只要这男子不是三寸丁谷树皮，内心也该是同样雀跃的吧。若是自己，到了那般年纪，还会不会记得恋爱是一种什么样的心情与光景？眷恋美丽，原来是愈年轻才会愈在乎的事情，渐渐地走过路过，就开始渴望自己的成熟，那是岁月沉淀下来的痕迹。

比唇膏粉饼更重要的，是纸巾

猛回首，想起去年在广州地铁站摔倒，穿着桃红色的长衫光着腿从楼梯上踩空，撞伤，就那样面红耳赤地在众人面前爬起来，捡回高跟鞋，捡回手袋，发现唇膏已经破损，粉盒摔得全碎。默默地忍痛静静地走到楼梯角落，掏出纸巾擦拭左膝盖的鲜血，后来纸巾不够用，一路渗血，顺着小腿流进鞋里。

那瞬间，告诉自己，美丽迟早要被生活调侃，女子手里永远要备着的不是唇膏，是纸巾。是被人抛弃的时候，第一时间能够拿出来堵住眼泪的纸巾，是在大庭广众面前跌倒受伤后能够拿出来止血的纸巾。

夜里，小区安静。 两人在床上都不睡，彼此深谈，说起过往的流金岁月。我调侃他当年的女朋友可以排成一个连。其实心里明白，当年若是遇见，我不会喜欢上他，他更不会喜爱上我。我会迟疑于他往年的百花丛，他会皱眉于我的玩耍骄纵——只不过是短短两年，究竟是别人改变了我们，还是我们改变了别人。

惊讶于自己的镇定，宽容，理解。就那样开始能够理解并相信一个男子为何改变，也确信自己也已经成为可以为谁改变的女子，这其间的千回百转只因有同样感受。腿上的疤痕还留在膝盖，也不像以前那样在乎，只因为明白做个快乐安定的女人比做个美丽的女人要来的舒坦，不再患得患失。

他所离开的上一个女子，玩性太大，明明就是我当年的模样。年少的时候，觉得有足够的美丽，足够的资本，所以理所当然要得到足够的娇宠。就那样在内心里将自己捧成一个公主，流连在舞会与华服间，惧怕成为那样在厨房里耗尽一生的女人，怕在某一个阳光的下午，丈夫上班去孩子上学去，剩下自己一个人坐在阳台上看着被家务榨干的手，因再也没办法涂桃红色的指甲油而万念俱灰。

那天下午，同他去超市买菜。两个人推着购物车在货架前游走，紫苏、蒜苗、小葱，一一选好放进车里。同他讲晚上煮粥，又买了皮蛋、瘦肉、姜。想起鱼汤可以炖西红柿，又挑选大红果子几个放进筐里。

不过两年前，这些都还是母亲才会做的事。这几年独自在外轮到自己，才知道一顿住家饭吃下来，不是拿起筷子就放下那般简单。买菜到洗碗，就这短短几个钟头就足以尘埃落定一个女人的一生。从十指不沾春水，到可以在锅台边耐心站半个小时搅拌炖出一锅香浓软糯的早餐粥，心底的功夫，比手上的功夫，修炼得更加激烈。

还好他是乐意做饭的男人，我热爱吃鱼，他擅长做鱼，于是一个边做边叹，一个边吃边夸，再配上两杯红酒，也就这样热腾腾地搭伙了一锅白萝卜炖鱼头，一盘辣椒炒肉，一盘腊味鸡块，配点儿青菜下火锅的性感晚饭。两个玻璃杯一碰，一饮而尽的是两杯醇酒，某一个寒冷的春日，还有某一段刚开始的感情。

电视机里放着《快乐大本营》，他躺在沙发上休息，我戴上手套开始收拾厨房。没有交代、没有安排、没有计划、没有言语，就那样明白地知道，各自该做些什么。一人捧着一台电脑，不开电视机，窝在一床小被子里烤火。彼此无言。只不过脑袋里想着，下周的工作要怎么做。老板那样的无谓，客户关系那般繁琐。想起他昨夜对我说的，不要觉得这份工作是长久，不要做销售。我是传统的男人。

我何尝不知道那样的觥筹交错绝非最后的归宿，但是，那毕竟是我这年的浮生安慰，自立之本。于是沉默片刻，答他：若是哪天需要立地成婚，为你生子，我立刻放弃销售另谋生路。在此之前，请让我继续做下去。

烟火尘世，凡夫俗子，贤妻良母，不是没有快乐的。

谁都知道，女子的青春只有那么长。“贤妻良母是正职，市委秘书是副职”——依赖工作比依赖男人更明显，并不是因为不爱，而是因为太爱。是因为想着即使哪天他另觅新欢，自己流过眼泪后可以优雅转身淡然放手，不至于因为几个早饭钱要死拽着他的衣角不放，想到自己当年也是明眸皓齿如今却颜面尽失。

最伤自尊的，不是被人横刀夺爱，不是要断然离开，而是知道不爱，却还因柴米问题要继续依赖。爱，要多么自尊自立，才能爱得自然爱得勇敢。

若你不是女子，你不会知道。

暧昧有毒，心要设防

她果然是姐妹。不见上线，立刻短信问候:是不是病了？

病了，小病，准确说是因为电脑看太多导致头疼。

昨夜羊城起风，看完房子回家路上裹紧西服还是觉得冷。半路与她电话，说起心事，她安抚：正常思维跳跃，无需担心，时间可证明一切。

想太多，果真就头疼了。早起时候很崩溃，一摸额头第一个想法就是完了完了真的是生病了。其实心里清楚，是给自己找这样一个生病的理由，可以不上班，可以懒懒地、可怜地，躺在床上睡到中午起，可以装模作样跑到市场去买半只乌鸡煲汤，可以听着音乐看着外面的天。

进了一个钱的行业，心却依然是文人姿态。喜欢独处，喜欢静思，喜欢习惯性伤感，喜欢做作式美丽。

情节其实很简单。昨晚站在华灯公交站台，有个男同事问我：想不想和我去散散步？我笑笑，毅然转身上了公交，微笑着对他说再见。

这世界有时会给你一些意想不到的人。初见的时候，并无什么感觉，慢慢地你就开始熟悉他的声音以及身影，但是心却不会呼之欲出，因为看得太清楚。谁不是一样，开始的时候都是这样。而他却仿佛是迷上了我，总给电话，浅浅的嘘寒问暖。在办公室里小心翼翼发短信，那份感觉好似偷情。我承认自己并不讨厌他，但是深明这份长久下去的危险。

谁都不是第一次恋爱。知道这是什么滋味，知道这是什么意思，也懂得在这都市里，在这大楼里，在众目之中的分寸。他不黏糊，也很绅士，但是却保持我对他的好感度。

闺蜜说，这是他即将爱上的信号。

我笑，我动心是很快的，消失也是很快的。太了解自己是什么人。

下午手机响，我知道必定是他：好些了吗？头还痛吗？

一个人的时候面对这份关怀是人都扛不住。我给他回：呵呵，好多了，给自己煲汤了，躺在沙发上看 MTV 呢，别告诉我老大哦，还有你不许扣我薪水哦。

发出去之前却停顿了。终于，删掉所有文字，最后只剩下一句：好多了，谢谢。

如今我们之间，还不需要那些恋情式的娇嗲。谢天谢地这分寸让我意识到终于有所成长。不再是那个为爱不顾一切，刚刚惹火就焚身的小孩。想起读过王蒙的《不设防》，脸上莫名开始微笑。今日天终于凉，穿宽大灰色羊毛披肩和黑裤短靴，戴灰色贝雷帽。这装扮很都市，很挡风，很设防，就像心一样。

暧昧的感觉是好的，它不会像爱情一样过于束缚，也给予单身之外的自己一个港湾。过客，这个词真的好。

永远会原谅自己那么多情。除了因为我是湘女，还因为这城市本来就很多情。这城市里谁不多情，只是他们都虚伪，他们都不说。他们拿爱情当幌子。

而我呢？

我知，暧昧有毒，心需设防。

你是我的夏天，我是你的秋天

深夜收到十二从北京发来的短信。她说：北京真的太复杂了，我心力交瘁。

在黑夜里看着手机屏幕，这条短信显得极为苍白与令人心疼。当年她辞掉稳定工作跟着那个女人去闯世界的时候，我就知道，她从来就是个不服软的人。那个时候我们彼此鼓励，信念是：我们都要努力赚钱，把生活经营好，不至于沦落到要为了钱去选择一个自己不爱的人。

那时候，有人说她要强。其实只有我知道，她不是要强，也不是争长短。看起来最冷漠无边埋头苦干没有感情的女人，永远都是最坚守爱，最是为爱痴狂。在爱这件事上，她们因为珍重，所以不轻易表现。

我们说，要把工作稳定，要把房子搞定。要做自己想做的事，爱自己想爱的人。要升职供房，嫁人生子，穿粉红色的裙子当彼此的伴娘，在尘世里获得幸福。要过最最平常而安乐的日子。

女人有时候是多么坚强的物种。在空间里，看闺蜜在武汉一个人给房子搞装修。

女人有时候脆弱得多么不可思议。她们伤春悲秋，我甚至还为了一条短信伤心。

在深圳的时候，我穿着睡衣蜷缩在沙发里看书，她在厨房里炖汤。

有时候我问自己，流年何以就到了如今这个地步，我是怎么和她认识，走到一起，变成挚友及灵魂知己，看着彼此的人生轨迹，互相给予信念与勇气。

离开深圳的时候，KFC，我埋头喝蔬菜汤。她坐正了身子说一句，好了，我走了。然后转身就走了，头也没回。

若是再想起这一幕，我也许会流泪的，但是当时，浑然不觉。

我不知道那时候，一别，如今就难以见面。她有她的悲喜我有我的红尘。

关于流年，脆弱，在各自城市里的悲喜，都是通过电话、QQ，无一遗漏地告诉彼此，各自把伤心与脆弱的情节隐瞒了去。

其实这几年，太难了。真的太难了。生活何以要如此不堪重负，从房贷，到工作，样样操心。有时候，只想学了别人一头回家去，从此不问事，却知道自己永远做不成那个逃避的人。

有时候，我会问我自己，何必这么没有缘分，学别人交两个酒肉朋友有什么不好。非要这么固执地守着一些原则，久而久之，孤清变成了习惯。不喜欢的人，学不会面子功夫，朋友就那么几个，时常发短信给她，你在干吗?

她回答我，浇花啊，喂鱼啊，看书啊……

没有我的日子，她说连鞋子都不想买。因为曾经说过泛泛之交会陪你买衣服，能陪你买鞋的，一定是最懂你的人。因为只有她才会首先问你一句，穿着舒服不舒服而不是大赞好看。她知道，不能走远路的鞋子，不是最 OK 的鞋子。不能陪你走远路的人，不是最正确的人。

只有我懂这绝非装腔作势，而是要有多少日子的沉淀，才能从这些事情里找到乐趣。

我在 QQ 上对朋友说，从今年起，我突然变得傻傻呆呆起来。不工作的时间就瘆得慌，一个人的时间变得特别多却不知道该如何打发。每天一睁眼，惆怅，漠然，一想到今天不上班就非常不舒服。

她回答我一句：单身综合征。

越长大越孤单。

周末晚上，或是有空的夜里一杯咖啡配小说，沙发煲电视，这样清新而简单的方式，让我越来越对自己没有要求。我开始沉浸与迷恋这样的生活方式，甚至觉得如此保持个几年也没有任何关系。变得安定淡定，是件好坏参半的事情。好，因为安全，再也没有什么事情可以让自己伤到无可救药。坏，因为孤清，也再没有什么事情可以让自己奋不顾身。跟歌里唱的一样，不喜欢孤单，但是久了，真的也就习惯。

没有自己喜欢的朋友，那不在这座城里交朋友。没有自己想要爱的人，那就不爱这座城里的人。

高傲到发霉，有什么办法。拿自己一点儿办法也没有。可以不挑剔吃进嘴里的食物，但是，万般挑剔住进心里的人。

因为如此的自知与自省，所以从来只允许这样的小情绪片刻存在。在这昏昏沉沉的下午，有点儿不太舒服，喝了点儿红豆沙，就滚上床歇着去了。明天六点半就要起床，坐两个小时的车去新地方报道，我的新生活，希望能从新工作里找到。

我，和她，真的从来不曾像一般女生对别人多说过辛苦二字。

如今只是想念，各自想念。

我们一个像夏天，一个像秋天。

我是你的夏天，你是我的秋天。

你是不是和我一样，逃离了北上广

我很感谢，我那太后一般的娘在我过去的二十多年中总是充当这样的角色——

她挑选我的服饰与学校，为我准备饭菜以及男友。很多时候我憎恨这样的安排，但最终发现离开这样的安排我并没有什么自我照看能力。人都是向往自由，可有时候心底会希望有双有力的手拽着你拖着走，因为迷茫的时候自己都不知道往哪儿走。

某天她打电话来，还是如往常一样的轻蔑与傲慢口气：玩够了没？卡爆了没？

我不知道她是如何判定我找工作永远是个幌子，拿着她的钱出来求职也永远是个骗术，其实边投递简历眼睛更多的是朝丝芙兰里的遮瑕膏望着。闺蜜批驳我，说没见过出来找工作连电话号码都不换的，摆明了给自己留退路——可我有什么办法呢？刚刚打算自食其力，不得了，金融危机了。我一腔热血抱负难以实现。

坦率而言，我恨透了这样的“命好”，我讨厌这样的“命好”，我宁愿背着贱的名号也要唾弃这样的“命好”。

世家子离开了家就什么都不是，爱不了姚晶（《她比烟花寂寞》中的人物）只能做个光鲜亮丽的枕头；世家女离开了家也什么都不是，甩开了旧日的恋人只能做个四处流浪的野鬼。我总是高估自己的能力，喜欢傻子一般地问“我到底想要怎么样的生活”，其实这个问题白头之人都未必能想明白，我却总喜欢拿它当人生指引。这样的我，她虚荣、懒散、一无是处。她年轻、傲慢，却无所适从。

好吧，我承认，是真的要回家了。我想通了一件事情，任何一次借找工作为名的远行，最终都会被自己变成一次旅行。我更想通了一件事情，为什么我总是敢离开自己的城市走远，是因为我潜意识里知道身后有一个强大的后盾，那个后盾叫做家。

那时候我毅然离开一个男人，闺蜜们都很沮丧。也许是因为她们都指着野杜鹃活着，而我轻易就毁了这个梦想。这世界上，每个人都是指着他人的幸福活着的，偶像也是只见美丽不见哀愁的，可我轻轻地就从这个玻璃罩中走出来了。

我爱都市，也爱都市女。我曾经以为我可以和你们一样在这个我心仪的城市里完成从杜鹃到凉薄的蜕变，其实不是这样，我终归是怯懦的，是被保护惯了的，是懒散的。我需要一个安定中有自由的生活来满足我的物质欲，也需要一个凉薄中有远足的生活来满足我的漂泊感。

这样的女子，永远都在纠结。

“当我死的时候，我希望丈夫子女都在我身边，我希望有人争我的遗产。我希望我的芝麻绿豆宝石戒指都有孙女儿爱不释手，号称是祖母留给她的。我希望孙儿在结婚时与我商量。我希望我与夫家所有人不和，吵不停嘴。”

所以，我应该听妈妈的话，跟她去同升湖旅行，然后回到家，上午睡觉下午瑜伽。

是的，应该去做一个幸福的女人，她有车，有房，有家，到了二十四岁嫁人，到了二十五岁生子。她的腰身因坐月子而变粗，她黄着脸，哭丧着，深夜做面膜。她忘记什么是远行以及凉薄，她只记得白天上班下班买菜，老公总是不回家。孩子哭闹婆媳不和。生活繁杂得再没有时间凄凄戚戚。

无论这样的生活是甘愿或是妥协。

敢分手，才敢继续爱

二十三岁即将到来的时候，她以完美的姿态完成了人生的第二次出走。

第一次，是午夜，是钻上车，是狼狈逃离。广州刮着一场名叫巨爵的台风，手心里攥着最后的五十块钱，再无其他细软，极尽悲凉之能事，冒雨穿着一双人字拖，追赶着一辆黄色的广骏出租车然后流着眼泪落荒而逃，感觉身前身后都是黑夜。如今想起来，那在荷包干涩思想幼稚心态狂躁中搅和着的所谓的爱，如同投在车窗上的闪电，惊心动魄却转瞬即逝。

第二次，是晌午，是跳下车，是优雅转身，相信直觉，告诉自己这辆出租车不是奔向王子舞会的南瓜车。头也不回的姿态，直到今晚要睡觉的时候想起来依然心潮澎湃内心拍手叫好。这曾经以为只会在电影里看到的场景，如今竟然真真地在自己身上演绎。不是惺惺作态——没有了当初逃离的绝望，没有了当初出走的悲凉，却是发自内心地想要离开一些什么，想让自己把有限的青春投入到更加美好的未知中去。

云淡风轻近午天，轻快之感随着高楼大厦投在眼中的影像随之而来。长筒牛皮靴着地的那声音，简直如同天籁。此时还能想到一个可笑的句子：靴子就该是为出走的女人准备的武器，因为它风雨无阻上天遁地。手插在大衣口袋迎着冬日的风离开一辆出租车走向另外一辆，这小小一段路，看马路两旁芸芸众生小摊小贩你我往来，一切如常不过烟火人生。

是的，烟火人生。随时可以从头再来。海阔天空，暗自微笑，心无尘埃。

找到曲终人散的感觉，却没有号啕大哭的脆弱。

有些感情，放在一旁比揣在怀里要来得踏实。除了这个句子，我找不到其他更好的理由告诉你，我不再危险了。

打电话邀请到闺蜜，五点钟，在最熟悉的餐厅给彼此点最熟悉的水果茶。缓缓聊起彼此最近看的电影听的歌，指点身边的年轻恋人，此刻身内的缅怀被淡去，身外之物被提上议程，被俗世事务围绕的感觉也并不是那么不堪。

聊起淡定。我说，往淡定的路上走去的感觉突然间就这样弥漫上来。一切一切的隐痛，一切一切的失望，都不再让自己恸哭或是狂躁。开始学会把发生的一切都看成人生轨迹。乃至谈及姿态，故事，两人都连连赞同故事都是老套的。几个人，几段情，几段场景，成就所有人老套的那几个故事，心境大同人不同，并没有什么值得赞扬或是称道。走过去了是正常该发扬，走不过去是懦弱该自省，都不过如此而已。

聊起坚持。刚开始的时候，都不知道可以坚持多久，谈过的情，或多或少，遇过的爱，或少或多，都被这样及那样的原因而划破。但是后来想起来却没有几个是值得遗憾的。看懂了期待已久的东西，渴望已久的人，憧憬已久，追逐已久，然后得到，最后不一定如想象中的快乐，然后自然而然放弃，这本身就是一种良性失落，并不能成为失望或是悼念的理由。

后来聊到兴起忍不住打电话给十二，洗着衣服的她居然也大笑称我们这是远程的头脑风暴，聊起香奈儿的鲍伊以及凯莉的Mr big。同样是挚爱，我说偏爱前者，是因为看到戴着完美的帽子的香奈儿的自我实现，看到那段情是锦上添花以及几乎就要实现的并驾齐驱。而凯莉即使是喜剧结尾，电影版心碎逃婚的那一段伤痛在我心中久久不能愈合，我不能释怀，Mr big 的来临，不过是被俄国人的“意外”弄得泪流满面时看到雪中的炭。

锦上添花和雪中送炭最大的区别，是那个女孩儿，她不必被谁拯救。王子的童话依然是相信的，但是在他来临哪怕是不来之前，她惜时如金，优雅度日。如同香奈儿的名句：离开你，我可以继续活下去，而爱上你，务必是先不依赖你。

明日清晨，可以躺在床上听听收音机。明日上午，可以背背单词看看《21 世纪》。

明日中午，可以用昨天买的菜做一锅土豆烧排骨。明日下午，可以开着 MTV 音乐频道收拾厨房打扫房间。明日晚上，可以写几篇小文看看喜剧片或是没看完的小说。

都是小事。但这是目前唯一可以做的一些事。那么我就会把它做到最好，踏实度日。

明日以及明日的明日都要明白，曲终人散后不是寂寞，是高调淡出，低调酝酿。谁都可以大声唱出：不是所有感情都会有始有终，孤独尽头不一定惶恐。

而这般挥挥衣袖告别过去，着手眼下生活的优雅姿态，是我对自己的鼓励。同样也是告诉亲爱的闺蜜们，这个小丫头她绝对可以往更多幸福的地方飞去。

让我们做一个
小山城里的女子

“我只是弄堂里的女孩子，随风奔跑却没有方向。走出去就是世界，走进来就是暗无天日的亭子间。”看着这句话好久好久。不知道说什么，那一刻心里翻江倒海。

“要幸福”这句话在你面前，我都不敢说。虽然我经常对我喜欢的人说，我是喜欢你的，发自肺腑的，你要相信。感情的事我从来不骗人——喜欢，你很容易感觉到；不喜欢，我同样会让你清清楚楚。

对你说，你让我心疼了。这句话对佛祖发誓是发自内心的。你明白那种想把幸福分给你一半的感觉吗？即使不是“幸福”，把这种“踏实”分你一半也好啊。你明白那种想把幸福分给你却无能为力，看着你独处的感觉吗。

太知晓“热闹是别人的”是什么感觉。去过广州，有过一个月拿七千还依然发了疯地孤独的时候。也有过在凌晨一点的公交车站抽了半个小时烟，想栽进别人宝马轮胎底下去的冲动。街头路灯闪亮，自己心里一片荒凉。灯红酒绿纸醉金迷，世界唯有我的寂寞流淌一地。那是崩溃的感觉。那是没有活下去的勇气的感觉。

于是我回家了。我回到这个山水小城了。

我对你说，跟我打交道很简单：说真话，做真事。我找你聊天的时候如果你很忙，对我说个“忙”字就可以了。所以不要想那么多，对我喜欢的人，我有你无法想象的包容心。

看到开头那句话的时候，我只有唯一的想法：你来，你过来。你到我的身边来，到我的家乡来。做我的姐姐。这里没有车水马龙，没有喜来登也没有路易威登，也没有“暗无天日”。只有两千一个月的工资，我们可以分二十年按揭两千元 / 平米的房子。

和我一样做小山城里的女子，呼吸新鲜的空气，吃完晚饭我们就出去散步，用最缓慢的脚步来走人生的路。我陪着你走。自行车筐子里有绿油油的青菜。周末我们可以去山上挖野杜鹃花回来，弄个小盆子栽在家里。我们养狗，我们养鱼，然后我们嫁人。嫁个最普通的人。我们就当最普通最没志气的女人，嫁人，生孩子，看着彼此皮肤松弛满脸黄褐斑，我陪着你一起心安理得做老妪。每天哈哈大笑胡乱挽着头发打一块钱一盘的麻将。

打完麻将我们就各自回家做晚饭。吃完晚饭我们就刷碗。刷完了我们就看新闻联播。看完新闻联播我们看肥皂剧。看完一个台我们换一个台看。反正电视湘军嘛，频道多，好看。看到十点睡觉。第二天继续。

都滚蛋吧！让万元/平米的天价房也滚蛋。让满心的落寞与荒凉都滚蛋。如果可以，我多么希望把这一切都分给你。从此我们就幸福地在一起。从此让你很开心，钞票足够买明天的早餐。吃不了自助但是够买两个豆沙包。钱够用。不会让你想到钞票就想掐死自己。

我们就做小城里的女孩子，随风奔跑在春天上山挖杜鹃。走出去就是阳光，走进来就是一碗咸菜加小米稀饭。让你感到幸福就好。可这样简单，为什么做不到。那么就送你这首歌好了，《藏经阁》。管它是不是情歌，你就当是我给你唱的。我为你写了这么多字，你要好好的。下面是我改的：

该如何面对你的难过

所以越爱你

我就越难过

越爱你

我就越落寞

我为你写了一篇寥寥数字的歌

我让这歌

写成一座藏经阁

隽永辞意在白昼

一直承诺

请你要好好的

请你在繁华都市里，活得好好的。

聪慧与梦想：
那些拾起与抛弃

一

世上有很多这样的女孩子，看文字，犀利透彻清醒独立，沧桑一览无遗。猜年龄应在三十五岁左右，实际上，私底下穿白衬衣，露着细细的腰肢，挂着米奇的MP3，青春无敌。

若说上天真有偏爱，那么这些超乎年龄的睿智与阅历，不得不说是就是偏爱的一种。认出她们最好的方式就是：她们都写字。我不会写字，我只会记录。真正会写字的女子是张爱玲，是亦舒，是张小娴。寥寥数语，简短故事，世间百态，一世情缘。

写作，无疑是聪慧的最好表达方式。紧随这些天资女子其后，现在稍稍受教育的女子，都懂给自己读点书，写点字，丰胸的同时也丰脑。聪慧也是需要天赋的，她们有超乎寻常的感知能力：在大部分女孩子还沉浸在鲜花与巧克力中时，她们已经开始酝酿驭夫术与世界观。

聪慧，曾经为众多女子追寻。现代的女子太容易便聪慧了，职场上跟男人平起平坐，受教育的机会太多，太独立，太聪明，太透彻。曾经我们觉得这没什么问题，骨子里蕴含的丁点聪慧，总是让我们在职场上或是朋友圈里多那么一点点口碑，这样曾经让我们有稍稍自得。

直到走到待嫁的年龄。爱了，恨了，受伤了，失望了，就开始问：身边男人很多，能爱的为什么那么少？公司里女人很多，嫁人的为什么那么少？职场女精英很多，幸福的女精英为什么那么少？我聪慧这般，为什么快乐那么少？

不难解释，聪慧与幸福其实是矛盾的。聪慧必然透彻，看得太透彻就知晓莲花根的淤泥，看见了淤泥又如何还有心情去爱，不去爱又何来的幸福？

聪慧，从某种意义上来讲会剥夺爱的能力。因此我那位亲爱的十二写道：如果你还能爱，是多么幸福的一件事情。于此，问问你的心，你还能爱吗？

我相信，很多和我一样风华正茂的女生的回答都是：NO.

二

受的教育太多了，太独立了，太不喜欢依附男人了。谈的恋爱太多了，失望的次数太明显了，重新鼓起的勇气太少了。未来太渺茫了，生活的未知因素太可怕了。这样的都市因素，这样冰与火的交织，你还能残存多少爱？如果还有，真心祝你幸福。卡在这个瓶颈里，那么又该如何走下去？今天买了一本新的《女报》，这期有一个震撼我的专题：十年一觉，什么梦？

我从未像今天这样，认真思索过我逝去的许多年以及未来的一年。

不止是一年，未来的三年呢？五年呢？十年呢？你对你的聪慧，想要怎么用？你是不是想要过得幸福？幸福对于你而言，你能说出来怎样才是幸福？

关于聪慧，关于待嫁，关于工作，关于那些曾经让我多愁善感的小细节，我是不是真的应该为其做个规划？如何用未来的三千六百天？之后，我又想要过一个什么样的生活？如果我不想被这种廉价的聪慧干扰，如果我想要把“幸福”这个虚幻的词阐释得更加具体一点，我就需要计划。

“梦想清单：每天，我要（微笑，多睡五分钟，精神振作……）；每周，我要（学做一道菜，参加交友活动…）；今年年底，我要（学会整理房间，学到新技能，升职）；三年后，我要（买车，结婚，改变形象更仔细）；十年之内，我要（买套大房，去三个国家旅游，存孩子的教育基金）；有生之年，我要（快乐）。”

如果说聪慧能够让人早早认识到人生是可以被计划然后去实现的，那么我从未像现在这样期待我要更加聪慧一些。将理想变为实际，将曾经那些浪漫的词汇现实化，在自己的位置与梦想之间划直线，无论那个梦想是什么。其实梦想真的是很模糊的，但是将它数字化就会很有底：我要有钱——多少算有钱；我要找个好老公——具备哪些品德是好老公；我一年后要升职——我要坐现在谁的位置……

不过，人生计划并非人生本身，不是保险条款，需要一字不差照做。计划来，计划去，还要注意的，是缘分永远无法被计划。那时，需要我们有宏观心态对人生计划进行调整。

其实，说来说去，列梦想清单只是让自己在这个朝九晚五的奔波生活里找到期望而已。有生之年能够实现，也不枉自己尘世走一回。如果没有实现，很好，至少知道这辈子曾经努力过，不抛弃也没放弃过。

新一年的情人节也要来了，是转机，还是危机？明年的这个时候，你想要怎么样？你是聪慧着孤苦，还是孤苦着继续聪慧？

也许太聪明就是蠢。我们其实早懂了：在幸福面前，冰雪聪明拼不过庸脂俗粉。

“拾起聪慧，去计划未知的生活，然后努力实现，这是很重要的；抛弃聪慧，去跟你喜欢的男人约会，这样才很容易嫁出去。老姑婆三个字不好听，真的。”

姜是老的辣，妈是亲的好，我妈说的应该没错。

打动我们的
不是猎物，是猎捕

到了一定的年纪，你不知道该被神马而打动，然后一旦被打动，这来之不易的情绪你会很吝啬展示给不相干的人看。

我隐约记得，洁尘在那本《半如童话半如陷阱》中描写了一个很有意思的段子，大致是讲她有一次读到一个很有意境的作品，里面有一句话是说“我们每个人都曾是某个人的挚爱”，大概有所触动，她将这句话讲与一同喝茶的友人听，友人失笑还觉得有点好玩。“这样的句子还是可以把已过不惑之年的你打倒……你的口味，还果真是挺……唯美哦”。

洁尘对此的解释是，这个句子打动年轻的我，是正常；

如今的我还能被这个句子所打倒，未见得不是一种福气。

其实这种打动源于一种内心状态。人，尤其是女人，到了一定的年龄会羞于谈爱情，那种蓬勃如潮水一般的恋爱情绪在某个年龄或者随着某个人的出现戛然而止。前半生自己是演员，喜欢一把鼻涕一把眼泪地演绎爱情折翼天使的故事，出现任何一个牛屎男人都要把他当成牛黄。

而一旦到了某个阶段自己俨然已成听众，碰上悻悻地婉诉自身情感的妹妹，“顿时心都揪紧”，巴望着时间早些过去，生怕自己当不好导师，生怕她在大庭广众之下流泪，令旁人暗暗揣测此桌乃是小三流泪逼离大婆。其实有神马好讲呢？所有的错误只在于错误的时间还爱上了一个错误的人。

说到此处，就要提及如今应当被何事物所打动。最近一直在考虑要不要去买个 ipad，十二姐相当支持：你如今的状态，十分适合买一个用以打发寂寥时光。我誓死抵赖，不想承认那种状态。一个喜欢喝下午茶的女子再独自抱上一台电脑坐在咖啡厅，OMG，我实在不愿意演绎一个货真价实的师奶状态。虽然，这难得的闲暇状态，是我渴望了几年的。

我们如今该被神马而打动？当冯仑先生把无聊力挺成了优雅的奠基石，大多数如同我一般的女人内心对他致以崇高敬意。也许，是时候可以浇浇花，听听音乐，写写字渐渐成长成后辈的优秀导师。当ipad和itouch逐渐成为了女性的新宠，我们可以被这个世界的精彩纷呈所打动了。你可以因生活的细微美好而打动，然后用微博来倾诉，而同道中人，实在是不需要在QQ群的熟人里去寻了。

而被互联网打动的最大美好，是可以跳出那些永固不变的至亲与同窗关系——我向来不认为这两种圈子是培养知己的沃土。甚是奇怪，大部分人与至亲同窗皆无法成为挚友，却在陌生的世界里寻找到了知己。真是谢天谢地，没有知己，活的多么无趣。我们应当寻找群体。坚持寻找群体，在那个世界里，被神马而打动，不再是浮云。

昨天十二姐写完的专栏里写着：一旦成家立室，男人总比女人显得灵动。

何解，是因为无论世事多么浮躁，男人的心里始终还有一个大男孩？而青春日益流失的女人，很容易，就抛弃了最初的那个小女孩？

与此段相对应的有，昨夜吃完饭归家，在丸子小姐和包子先生的车上我大为感叹，一个尘埃落定的女子和一个单身美女最大的区别，不在于年龄与容貌而在于坐定于某处时的眼神，落定的那个很快便双眼呆滞，而单身的那个炯炯有神。只因为这个世界，还存有她的猎物。追寻猎物的时候，多么灵动。丸子小姐连连点头：我现在出门若是看见帅哥，再也木有激情，甚至看见稍有眼缘的，即刻想到人家是不是搞基的！否则何以长得如此标致？一车人笑倒。

此时此刻，我坐在深圳某处，沙发上躺着我的灵魂知己。写到这段的时候，我突然异常欢乐。其实，若说我真该被神马而打动，不是折翼的天使，也不该是某个人的最耐，而是，我会一直坚持着内心的那个小女孩。

而最有意思的是，当你说起这些暗语的时候，有人可以一瞬间明白然后大笑。

那些人，叫做闺蜜。

底气女子：奋不顾身是幸福

一

我说，我要写个日志，叫做《幸福的女人没志日》。

实话。因为恋爱了以后，我再也不用做公主，不用做才女，不用每天博览群书然后把鼻涕眼泪都撒在博客里，不用每天把刷博看看有没有新的留言当成唯一的刺激方式。

数月之后，我发现，我除了干瘪地挤出我和他每日的流水账，已经再没任何感慨。完全没有智商，没有才华，没有痛苦。

而且某晚上十一点，我说饿，他说：好吧，未婚夫亲自给你做点儿宵夜。

结果半个小时后，他端给我的就是一碗红烧肉。我呆呆望着这碗半夜十一点的红烧肉，长叹一口气，然后看看自己警戒线的腰围说：哪怕胖死了，老子也认了。未婚夫做的，胖死了老娘也要全吃光了。于是，奋不顾身解决了他亲手做的红烧肉。

闺蜜说，这就对了。你该写个日志，叫做《奋不顾身的幸福》。不过，你不要写得太幸福，这个时代很多女人都不幸福。为情所困。

我想起没有订婚以前的生活。有句话是对的，像我们这样写字的女子，孤单是必修课。文思如泉涌时候，必定也是心中为情翻江倒海之时。

那个阶段的我们，吃不下，睡不着，心中万千感慨自虐却乐此不疲享受“底气女子”的称呼。书，字，孤单，清，苦情，这些元素令我们觉得自己绝对是与众不同的。因此很多时候，我们拿着这丁点儿的不同，在字里遮遮掩掩流露点儿骄傲，就像在透明薄纱里穿一件性感内衣。我们虽然知道这样的性感路线走不久，却还是乐此不疲。

其实谁都想要幸福——你别给我犟嘴，别在我面前说什么你只要有书就可以独自一人走过很多路。女人，你必须承认，我们是女人。还是那句金句，我们只想嫁一个自己想嫁的人，在他怀里就觉得心安。孤傲与才华令我们觉得有底气，可是并不幸福。

二

小资情调，风花雪月，拿痛苦当享受的日子，我们都并不缺少。“我也会经常一觉从天白睡到天黑，在很多个夏日或冬日的黄昏。”然后发现，我们真的只想嫁给自己想嫁的人了。

于是我便习惯了不再看书。弗洛伊德，安妮宝贝，现在写起来仿佛都是很陌生的称呼了。现在我习惯的是经常和念去超市购物，面巾纸、水果、洗发水，就是这样。偶尔忘记带购物袋，两个人也支持环保，坚决不买塑料袋。然后一人怀里抱一堆东西走到地下车库，抛到后备箱的储物箱里去。我不再是那个每日不化妆就不出门的精致女子，我不再是那个誓死捍卫高跟鞋的女子，我经常披头散发，夹脚拖鞋，在晚上十二点和他出去吃大排档。

有朋友对我说，你必须把你的精致保留住，不能够为了一个男人就这么沦陷。哪天他变心，你老，你将万劫不复。我笑笑：奋不顾身罢了。如果哪天他做了陈世美，我成了黄脸婆，拉倒。天下黄脸婆也不止我一个。

闺蜜说：我曾经希望嫁给一个让我心疼的男人，然后陪着他在山上看杜鹃。没有杜鹃，野生的树也是好的。然而，他大概并不相信一个年轻女人能够抛弃繁华去看野生的树。这怪不了任何人。我们彼此砍断了一些枝枝蔓蔓，故事就从此戛然而止了。

我骂了她。我说你为什么还是这样喜欢奉献。其实像我们这样的女子，为了得到一丁点儿的幸福，就果真要把自己从公主的位置拉下来，做个最最平凡的女子，最最俗气我们平常最最鄙夷的那种女子。牺牲得确实够多，但是爱你的男人他会看在眼里，记在心里，疼你，疼你为他做了这一切，从此不再让你受一点儿委屈。他不能让你继续做公主，可他能让你做他怀里最幸福的女人。所以，自私点儿让他疼你，而不是你疼他。

就是这样，有时候我们这些底气女子，太把自己的人生当电视剧拍了。所有的物件，都有情愫；所有的景色，都有含义。其实有什么呢？风花雪月不过就是风花雪月罢了，一个镯子不就是一个镯子罢了，然后过往不就是过往罢了。我们的爱情也与天下所有的女人一样，与某工厂里的打工妹的爱情一样，不过是想要得到一个男人的疼爱罢了。干吗那么骄傲？

为了一份疼爱，平常女子不需要放弃，只需要面对，而我们这些所谓的底气女子却还要放弃骄傲与自尊，还要放弃一些自我。她们失恋了，不过就是失去了一个男人失去了一份爱，而我们反而还要看看自己是不是失去了自己。

所以面对爱，我们需要更加奋不顾身一些。哪天遇到了那个他，如果你发现还能奋不顾身，恭喜你，成功或失败，都没遗憾了。

对于奋不顾身的我们而言：一场爱，一场死。

如果哪天他让我死了，生尽欢，死无憾。

淡定生活，美好闺蜜

淡定这两个字，如今常常出现在我和她的谈话里。

她时常说我是她的年轻版，其实我也只是小她两岁而已。我们的关系，总是在争吵与互相鄙夷中越来越亲密。说心事，说那些自己觉得可耻的事，然后在彼此那里得到原谅，关照彼此的内心。就像那首歌一样，渐渐的，我离不开 darling 更离不开你。

这世界上，有些女人是可以长久长久地相爱下去的，因为可以互相珍重，不嫉妒，可以彼此祝福。

我会在一个人无聊走路的时候，就突然打电话给她。也常常在无聊的时候，发短信给她：我多么希望此刻你可以在我身边，我们穿着卡通睡衣靠在沙发上，一起喝我煲的天麻乌鸡汤，一起拿一个大大的玻璃碗吃很多很多水果沙拉，一起看最爱的MTV音乐频道，一起讨论各自的男朋友，一起闻着屋子里香香的兰蔻奇迹的味道，一起在房间里度过一个阳光暖暖的下午。

我们也约好，要送给对方的生日礼物都是香水，但是究竟是什么要各自挑选。于是近来这些日子，我总是在回家或是逛街的途中疯狂地去试用那些香水，以便有一种可以配得上我亲爱的她。她的招牌是MIRACLE，我的招牌是TODAY，于是我在想，或许我们可以换过来用?

反正我们是那样的相似，相似到去监督彼此的前程。

为什么，为什么要在生活中如此强调淡定——我也曾对着她恨恨地说：做人干吗要那么认真，你跟着感觉走就好了。她却缓缓地飘过来一句：不要仗着自己不怕受伤，就肆无忌惮。有些事真的不能怪别人，所谓伤害只是因为自己任性。

而女子是很容易在不知不觉中，就渐渐忘记那些曾经我以为永远忘不掉的东西的人。其实为什么要淡定？为什么要将自己修炼得好似永远都不会受伤？这样根本不好。

能被伤害，其实是一种幸福。

但是我只喜欢看到她幸福的样子。只要明媚不要伤害。我希望她每天花枝招展，精心打扮，走在路上暗香阵阵。我不要她唉声叹气寻觅郎君，整天灰头土脸做又恨嫁又宅的女人。我想要看到她每晚约会，喷半瓶香水，男人全部迷醉。我希望她的手机永远业务繁忙，每个月电话提早欠费。我希望她常约会，常恋爱，把我冷冻结冰，让我恨到牙痒，见她面像个冷宫娘娘望着皇上。

我希望她在尘世里袅娜地饕餮，俗不可耐还不可一世。我希望她只剩下小小的才气，大大的俗气。从此我们在尘世里得到幸福，再也无需读书。做没有存款的女人——不，我们有存款，我们的存款就是关于你我的美好记忆。

自　己

无论怎么样，一个人借故堕落总是不值得原谅的，越是没有人爱，越要爱自己。

——亦　舒

女人这辈子的千山万水

一

曾经摔过一次跤，后背无比疼痛，顿时吓到，以为摔断了腰椎，下半辈子要坐轮椅度日。

后来与闺蜜调侃，说当时转念一想：觉得从此不用工作了，美滋滋在轮椅上当个圣洁女子，瘫在地上顿时觉得开心起来。她发疯：要死！哪有你这样子的女孩子，拿下半身和下半生的幸福，换得一个无需上班这等鸡毛之事！其实，她不能理解我这种开心，是因为不懂工作于我的痛苦，不知晓这世上，上班与生活的形形色色，奔波流离。

对于有些人而言，上班不过早八点晚六点，中午在公家食堂吃顿饭，香茗加地方报纸就度过一天；上班于有些人而言，不过是换的几分小工钱，回到家里照样倒头就睡，与牌桌上的好心情都无关。你知道上班对于我而言意味什么?

那是明天的饭钱，未来的依靠，父母的养老，浮生的慰藉，灵魂的支柱。

道不同不相为谋，鸡同鸭讲的事情也不再费心去做。坚强是因为没有不坚强的资本，沉默是因为说再多也没有人能够理解。月薪三千的时候，羡慕那些拿年薪的姐姐们，觉得她们潇洒又独立，于是拼了命削尖脑袋往上爬，为了达到任务加班到凌晨乃是家常便饭。后来，发现自己熬过了头回不了头，走上了一条唐子君（《我的前半生》中的人物）的路，再回过头来，看自己走过的路，那千山万水不知道是怎么一路走来。因为无人指引，那一路，只得靠自己走过来。

闺蜜台风天搬过家，我一个人修过水管，遭遇强权老板，连续一个季度任务黑洞。区域经理的头衔背后是无尽的心酸，闺蜜说，看着房子里连个钉子都是自己辛辛苦苦赚来，万念俱灰。拿了薪水还了信用卡，立马山穷水尽，在家里睡到天昏地暗。想起谁说过:你这么呕心沥血赚了来，愁眉苦脸花了去，为了什么，还不如回家做主妇。

主妇也不那么好当。我曾经与人说过，我娘亲在别人看来，是何等的风光，老公事业有成，女儿听话孝顺。无人知晓每日面对家中的鸡毛蒜皮，家中的远房亲戚，每日如同赶集一般的来家里，做完中饭做晚饭，拖完地板收拾屋子，没有一刻清闲。

几百大洋做的头发，一顿油盐一熏，她笑：黄脸婆就是这么造出来的。

那年，她尽心尽力伺候中风了脾气坏到透顶的外公，无所怨言。在公务部门上班，所谓能者多劳，同事们近年关全跑出去茶楼麻将，人事财务她一个人担起来，每天中午跟打仗一样跑回来做饭——这些我曾经以为很容易的理所当然的家务或是琐事，后来才理解，这就是控制了女人一生的事情。

二

老父亲面临单位改革之事，无人分担，每日已经筋疲力尽，家中两个女人，总不能如此还拿这些事情来烦他。他已经足够坚强，足够负责，足够有责任感，他值得更加轻松的家庭生活。我让他退休，他说我还没人照顾，在这个位置上呆着，多少有人因他几分薄面照顾我。酸楚，无比酸楚。

因为心疼老妈，自我回家后，每日穿起臃肿的家居服，系着围裙，早上爬起来买菜，准备外公外婆的中饭，我妈笑我千金之躯沦陷烟火，不怕颜面尽失。我只是这样想，我才做几天，她却是这样忙了一辈子。常回家看看，哪怕帮妈妈洗洗筷子刷刷碗。有人帮手，她会轻松很多，至少不用边开会边想着去哪里买菜。娘儿俩在厨房里边叹气边做饭：一家人，焦头烂额，柴米油盐样样操心。于是再次叮嘱我：此生，做人不要太一本正经，碰到愿意嫁的就嫁，不愿意嫁的大可不嫁——一个人过得舒畅，好过那些在厨房里耗尽青春的中国妇女。

所以，当有人问我，你不怕等到三十岁？

我答：我不怕等到。如果你要嫁人，如果你要嫁的那个人，他不能够理解女人白天做家务的无奈，晚上接老板电话起来做方案的无奈，结婚后还要面对一家人的早中晚餐焦头烂额的无奈，面对一屋子家长里短心力交瘁的无奈，还要抽心思讨好老板、讨好老公、讨好公公婆婆。独生子女两个人面对四个老人的养老问题，单位上的尔虞我诈，以后孩子的奶粉尿布及吵闹，或是抱着大腿嚎啕大哭不让上班去，老板等着你开会的心烦意乱——呵呵，那些在婚礼上说出，我会照顾你一辈子的时候，若是没有想到这些，这个承诺会不会太空洞了一些？

我从小太坚强，太独立，过早认清了现实，失去了幻想，所以我不屑于与一些整天满脑子风花雪月的女人做朋友。生活中，一个坏掉的灯泡就能够把人折磨发疯，能够修理好这个灯泡，才是生活的开始，请问读了四年大学的你懂什么？管理一个公司也好，一个家也好，或是结婚，或是成家，如果身边的这个男人，碰到一个爆掉的热水瓶就惊慌失措，遇到单位上的鸡毛蒜皮之事就回来跟兵败如山倒一般颓废，请问肩负着这些的还能对生活有什么信心？

是，很多人也问过我，何以在短短两年时间内，迅速坐上管理的位置。

还有人说：算了，以后去做管理吧。那请问：如果早上打卡机坏了，凳子不够，饮水机没有了杯子，九点董事局来人，老板等着你的方案，会议厅的钥匙找不到，司仪小姐来了例假弄脏了礼服吵着要回去换衣服——请问我们要怎么办呢？

所以这就是我越来越沉默的原因。不喜欢那些走向了社会还满脑子幻想的人，更不喜欢像个孩子一般幼稚的男人。如果他比我还要娇气，比我还要脆弱，请问我该怎么办呢？

新娘不是新的娘，每天负责喂饭穿衣，想要结婚，想问问以上的问题可不可以解决掉。“80后”的女孩子，不是人们想得那般娇贵。

所以昨日有人介绍所谓优秀男人给我，相亲，我一口答应：请那位传说中优秀的大哥来我家好了。这几天家里如同赶集，到处是刘姥姥似的亲戚来串门，到处是一次性纸杯，早中晚饭一起来，做完饭收拾厨房，还有莫名其妙的孩子吵闹。

如果他认为我蓬头垢面穿着臃肿的家居服在厨房里做饭是种别样风情，如果他认为以后愿意和我一起承担起这些做完饭要洗的碗，半夜忍受我变态老板从洛杉矶打电话逼着我过年时分去跑业务等等……如果他没被吓跑，我倒是愿意试试交往看看。

久违了，
我的枝枝蔓蔓

一

如今逛街，只觉得可买的东西是越来越少了。

熠熠生辉华而不实的，不屑，如施华洛世奇之流；经济实惠不可或缺的，不缺，如胭脂水粉之列。某个人为了我的生日礼物苦恼了很久，这样不要那样不缺，最后我让他送了一套安利的蛋白粉给我，他一脸囧样：你又不是老姑婆，至于保养得这么早？

有时候，我还是不把自己当老姑婆看待的。前天看电视，湖南高校选校花，我咬牙切齿，靠，我以为自己还很年轻，结果发现如今出来混的都是十八岁的姑娘了。我离我的十八岁已是六周年了，一边愤愤一边骂：十八岁就开始兰蔻的香水雅诗兰黛的粉，不知道这些闺女们到了二十五，是不是该骂自己老姑婆，二十五岁的老姑婆。

我承认，这就是我如今的生活状态，开玩笑的时候，我依然是个愤愤说自己还很年轻的女生；工作上，日子里，我知晓我的那些枝枝蔓蔓已经一去不返。一上网，关注我的人都在问，你上哪儿去了，近些日子，总是不见你。

我一直在的，我只是不写，我不知该写什么。过了轻狂的几年，又没到甘做人妻的年纪，我夹在这个生活的缝里苟且偷生。看到号称某妻的一个劲儿地P自己的照片，看到闺蜜一个劲儿地柴米油盐风生水起，可我除了祝福，还是祝福。我不再写凄凄切切的字，甚至连凄凄切切的念头都不再有，小说更已是好久不再看——我不是个文艺女青年，甚至连个写手都不能算，这话我强调过很多遍。这些日子，我开始拼命地去当一个很俗的人，算，算房贷，算薪水，算未来的发展，算哪样的男子适合当我的夫君，俗起来的滋味亦是如人饮水。朋友还是联系的，除了闺蜜一席人，没人再能让我一直把她留在心底。

然后渐渐发现，入世了，真真的入世了，入世有入世的好处——踏实，除了踏实还是踏实。我现在，有父母，有房子，有工作，有看得到未来的男朋友，这，大大地是一件好事。我的生活与忧国忧民丝毫没有关系，除了上班，就是电影，除了电影，就是约会，再然后，盘算着结婚。

二

是，我开始盘算，盘算每日开销。也开始斗，为了一个职位一份薪水。

虽然常被闺蜜苦口婆心：人家是一份家用，你是一份零花，有什么好争。办公室里的女人，都不是什么奇葩，奇葩早就不在那里盛开了。她们也未必是坏人，她们只是要钱，觉着你威胁到了她的财路，难免结盟起来斗斗你。

我笑了。我只是给个姿态，也未必是真要那点儿零头，只是觉着，要拿点儿自尊给人看，别当我是软柿子就得了。当年有人称我为才女，如今我是拼了命要当一个财女，要带着鸽子蛋朝着包租婆的路上奔去，玫瑰不指望了，能当朵懒洋洋的杜鹃花已是天赐的福禄。有关于幸福，有关于未来，全盘地被我推上俗世与落脚的台面上去，我想要的生活，想要争取的东西，样样能用元角分算出来，这是我想要的状态，亦是一份安稳的日子。

还有，我突然间，就这么遇到了一个人。初中加高中隔壁班同学，我与他本无交情，后知父母相识，知根知底，对外号称门当户对，在某狗血相亲上不知是彼此而相遇，面面相觑，坦然相对，发觉合适，后有奸情。真好，这就是我要的恋爱，和一个靠谱的人在靠谱的年纪建立一段靠谱的关系，让我觉得俗气，觉得踏实，觉得有未来。

有人问我，你还看书吗？我说看的，只是我和闺蜜不一样，亦舒之类从来不是我的最爱，纠结故事现在也不爱看了。除了张小娴，菜谱是我的长期宠妃——和某人下定决心在一起，完全因为一锅红烧排骨。零度的天，长沙阴沉沉，他休息，我旷工，就那样相约着去菜场买了一堆菜，回来安抚了他的胃。他用家乡话与我说道：如今做饭的女生已是越来越少了。这样挺好的。

我答他：是的，这样挺好的，这两年，除了好男朋友，我也再无别的追求。除了能做饭，我也不再有其他的优点。除了爱花钱，我也没什么太大的缺点。

他说：我尽力，满足你的追求，包容你的缺点。

那天晚上雨夹雪，我们在家里吃了排骨洗了碗，再出门看了电影吃了宵夜，回来的路上，两个手掌就那样牵在了一起，还轻轻地吻了一下，彼此算是表示了。

我问他：你怕不怕分手？他说不怕。我说不怕就好了，我们是同学，圈子都一样，我只是怕分手了，圈内的其他女生，你难得再碰。

他哈哈大笑，说难道你不觉得你是当年的班花？班花都在手了，追其他的人也再没有意思。我也笑，说那挺好的，你是这样以为，就算是满足一下我的虚荣心。

好吧，就这样了。

我的单身日子，仿佛一夜之间结束了。

大雾散去，
回首一路披荆斩棘

一

很庆幸，她在二十三岁的时候，不曾因为高中时候多次出现不及格的数学试卷，如今就只能沦落到去捡垃圾。还庆幸，在二十三岁的时候，虽然经历过脑子进水忍受一个平淡无奇的男人而以佩蓉自居的日子，却没有永远愚蠢下去。更庆幸，在二十三岁的时候，看见自己的个性如同被闷在一个老坛里的酒，因为终于被人找到并打开，从此飘香四溢。

2008 年 6 月，毕业。2010 年 1 月，归来。短短两年，果真好似生如夏花。

那些迷惘的日子里，常常问：这人生苦闷，浮生伤悲，究竟是为了什么。那时还不曾真正经历过苦痛与残忍，不曾经历人在世间那种莫名的无力感，不曾经历周而复始的上班下班，不曾经历自己一个月的工资买不到橱窗里的半条围巾。于是开始愤愤不平，断章取义。听人说人生要尽兴，就以为不过是夜夜笙歌；听人说最重要的是感情，就以为可以有情饮水饱；听人说优质女危机，就以为从此埋藏个性就可以被王子一眼相中……

如今想来，多么可笑——全迷信些所谓人生导师的说辞，却对自己的青春雏形不屑一顾。殊不知，她有着种子一般的力。握着世界上最大的财富，还到处讨要规则。原来这世上最残酷的不过是发现有些规则明明知道它不适合你，却死活要去遵循的凡夫俗子心态。

人生根本就没有规则，若是非要说有，那么它唯一的规则不过是，你有权利用任何你觉得好的方式，来成全一个最好的自我。寂寞与伤痛是必修课，迷惘与暴躁是考验期，后来的归于平静的方式，方能彰显功底。

“人生需要的东西，真的不多。热情，以及判断正确错误的能力。”

而看到正确的适合自己的道路并勇于选择，这也许比判断更为重要，而不是因为惧怕就一定要去向谁妥协些什么。勇气对一个女人而言，不过是抛弃所有的流行坚持选择适合自己的护肤品、唇膏以及衣服以及恋人。

无论芸芸众生里在流行些什么，永远只选择适合自己的自己，这是香奈儿帝国横空出世的王道，这是我们应该朝奉的女人哲学。

随着年龄的增长，就会发现每个女人的骨子里，都有着贤良与叛逆，忠贞与不羁。极左或是极右的选择都只能毁了自己的梦想与纯真。工作与爱情，一个都不能少，如同一个人——前者是铿锵的骨，后者是柔美的唇；前者是立身之本，后者是锦上添花。

坚信自己可以走好，就真的走好了。

二

2010年。朝九晚五的工作没有了。她回到长沙，找寻自己的事业道路。也明白SOHO不是那么好当的一个角色。忍受寂寞，是第一课；缓解压力，是营养素。

一夜长大。她们却仍然在路上，明白将会看到一个更好的自己，因为从来都坚持要做一个更好的自己，成全一个最美的状态。工作——如果爱，就好好爱。得到一份让人兴奋的工作，并为之奉献，并勇于驾驭，热爱它就像爱生命，视它为所有的消遣，几乎不休假又似天天在休假。

这才是优质的——SOHO。

前方的雾散去，就看到了道路上的荆棘，就告诉自己，踩过去后，那就是自己的路了。

她多么庆幸，二十三岁的时候，如自己所愿走上了一条艰辛的路，通往爱的麦加城。

而那城里的王子——

她想，某一天，当女人突然活明白了这些后，就开始思念起一些人。谁都一样，会瞬间明白某些人对她的不闻不问，也就明白有些人眉眼间的孤傲，明白了他那么多次紧闭的双唇。她明白瞎淘宝不过是寂寞久了，都爱没事找事，更明白了那些若即若离的关系。大家不过都由于还在路上披荆斩棘，所以他们不懂得如何告诉年轻的她们，爱，却无力让你明白。只得静静地看着，期待她长大的那一天。

还有，转角也就明白了过往的那些傻气的自己。年少时那份以为自己能够忍受一个平淡无奇的男人和一段天空狭窄的姻缘的莫名勇气，不过是源于自己还不够强大，更害怕强大，才会以为二十八岁的单身高级主管是个可怕的事情。从来都是一份理想的工作成就一个美丽的女人，一个理想的男人加速她的美丽。同样是想要驾驭她的日益强大，劣质男人不过是死心控制，而优质男人从来都可以心若海天，任由她在他的怀抱里飞翔或是安睡。

她终于朝最适合自己的方向飞去。至此，也就明白热爱工作与热爱生命同样重要，那代表生存的能力及态度。而背后她们要的 soulmate 的模特终于闪亮登场：不过是那个在不会压制自己灵魂的前提下，有本事驾驭自己的气场男子。

用旅途的孤单，来收获成长。她们又成长了一些，真好。

——因为值得，所以才将终身美丽。

菜市场的美女 VIP

她在长沙的公寓住了大半年，开始渐渐懂得了为何有些人几十年不愿搬家。在一个地方住久了，顿觉一切仿佛为自己而生，生活如同行云流水。

一开始，只是因为每日在一个爱穿着黑衣服扎头发的老板娘处买菜，一日复一日便发觉老顾客有老顾客的好处——最舒服的是作料这点儿事，如葱姜蒜，这些东西烹饪时用量不多，却天天要买，浪费的比用了的多。后来因她同某摊位的老板娘熟悉了，老板娘便在她买完所需物品后捎带送她几根葱或是几颗蒜，或是仅当作料赠予两只小青椒。有一次更甚，她告诉老板娘买一斤生菜其实只是为了做个白醋肉丸汤，烫不了几片，老板娘竟然把收了的一斤菜钱又退给她，递给她一小株生菜叶：拿走！拿走！做汤买这么多浪费……顿时令她感激涕零，心生暖意。

常言道，所谓食物，是邻居送来的最好吃。此刻，竟然颇有这点儿意思。

再后来，胖胖的老板娘竟然连自家做的酸豆角都拿个塑胶袋让她提走一些，只因老板娘爱在饭后同人闲扯，说每日穿着高跟鞋提着通勤包来买菜的这个妞一个人住，不容易。她才发现事态居然发展到从菜摊到干货店到鸡鸭档，早已是人人知晓她姓艾——她想着，姑娘网上没火，现实里却一不留神成了农贸市场的 VIP 客户，从此知道了 VIP 的待遇果然是不同凡响，如今是散步的时候馋西瓜了没带钱，二话不说赊一个只管提走。连门口的钉鞋匠都会点头示意：艾小姐，买菜啊！后来最崩溃的是买只鸡鸭居然可以早上打电话给鸡鸭档老板：留只鸭子给我，快下班的时候杀了，连血提……

不止如此，楼道的保安会点头示意给她刷卡开门，无需她左右开弓提着一篓子菜找钥匙；

办公楼下小店的胖阿姨不等她开口就笑嘻嘻：一盒酸奶，对吧——我点头冲她微笑；

圆通快递每周只会在周一上午打她电话：艾小姐，你周末几个邮件我给你留着了，明天一齐给你送来吧。

一日一日，果真如台湾作家龙应台所说：幸福不过是寻常的日子依旧，以往的人儿依旧。

当发现生活圈子里的不相干的这些人，都开始渐渐熟悉自己的生活习惯，她会不由自主当他们是亲人一般。独自在一个不是出生地的城市，渐渐听懂了方言，自己的生活开始如同一个小世界，不再有刚出社会时候的局促不安。自小，她们在父母家人身边长大——不曾有谁教过她们要如何做一个单身的女子，一个待嫁的女郎，在办公室与公寓之间穿梭的时候，下了班不知道如何面对一个人的晚饭的时候，怎样获得平静与愉悦，怎么适应繁琐与孤独，不让心如同飘在海面动荡不安。

有些日子，终于只能够一个人过。视电脑如情人的日子里，才明白，有些快乐永远是只属于一个人的，有些狂欢的愉悦也只需要一个人懂得，有些路总是要一个人度过——所以，什么都不必慌。

可如今，她就生活在这里了，一条漫长的路，在办公室以及家之间穿梭。有时候想着，漂泊总有一天会落幕，如今只是一场沉寂的修行，可就是在这样烟火遍地的生活里，还有些人，他们可以带给她一句问候的话，一个熟悉的眼神，一次信任的赊账，那样真真实实地告诉她，她就生活在这里。

其实不过就是，单身素颜修行，她的烟火人生。

认真生活，努力做饭，等着值得爱的那个人。

她想着，心安处即是家。

二十二点的膳房玉人

一

公司的女孩子习惯从家里带菜，然后拿公司的电饭煲煮饭，久了它总是容易糊锅。后来，有个女同事说：拔插头吧。刚保温，就拔掉插头，就不会糊了。她们点点头，果然，后来她们再也没有吃过煳锅的饭。

在空调房里待久了，觉得闷。几个女孩子一商议，决定偷偷来一顿下午茶。往红茶里放话梅，别有一番滋味，一边喝，一边看窗外被40℃的高温覆盖的湘江。

下午班，她收到好友电话：小雅，我在做银耳汤啊，为什么没有你煮的好喝呢？她认真地传授，从如何选优质的银耳，如何泡发到用怎样的火候，从火力到时间，点点滴滴一点儿不漏地告诉她。那头满足地拿笔记下。晚上收到好友发来的短信：我在喝小雅牌的银耳汤，好好喝哇。

这个世界上，永远有些女孩子，只有她知道厨房里的某个秘密。

去年的时候，她曾经跟闺蜜说过，如果有机会让我们出一本书，我只想出一本食谱。她说，不，如果我们要出一本书，就要出一本给恋人做过的食物的食谱，书名就叫《饭在桌上，我在床上》。那时，她们为了这个情景在沙发上笑得前俯后仰。那些日子，她与挚友每日中午十二点起床，吃完中饭就直奔星巴克喝下午茶，然后在五点买一堆菜回来做晚饭。有一日，挚友插着一个三八腰，在楼下与一个卖桂圆的小贩讲价，把十块讲到九块，她在一旁拎着桂圆一边乐呵呵付钱一边五体投地地崇拜挚友：你真厉害！

挚友因这点儿阳光而继续灿烂：那当然，家庭主妇谁他妈不会当！

她确定挚友说了中间那两个脏字，但是听起来很爽。

这是记忆中的日子。那时她手里还拿着刚从卓越网上淘回来的《旅行日记》，厨房里炖着她的招牌菜黑豆熬猪蹄，房间里的风铃叮当作响。一个一个下午，就在她们的招牌菜，她们的招牌甜品中一点一滴过去。挚友还问她：你说，我怎么就遇不到一个靠谱的男人？

她安慰说：快来了，别急。

二

而此年，她终于失去了与挚友为伴的那些日子。习惯了一个人在夜里九点左右回家。40℃的天气，走了一路就洗了一个澡。终于，她明白了挚友当年的烟火生活。

如今，是她，不是挚友了，会在下车后在她的VIP菜市场买两个西红柿，有时候还抱着一个西瓜，有时与老板娘讨论今天的红椒是贵了还是便宜了，今天的豆腐是有点儿嫩还是有点儿老。或者是什么都没买，跟老板娘打了招呼就穿个夹脚拖鞋披着夜色走回公寓。

日复一日，在楼下买一杯酸梅汁，喝着上楼，冰爽一路，就可以心情愉悦地一个人穿过楼道，一个人开门，一个人开灯，把寂寞驱散，把希望点亮。

当然，因为热，做饭的时候往往只穿着大学时候就有的一件宽大T恤，缄默温和地淘米洗菜。开着电视机和音乐，就觉得房间里顿时活泼起来，一个钟头忙下来，不过是装满了巴掌大的一个便当盒。可自己做饭，总归比盒饭要温情很多。做饭，是不让生活潦草的第一步。

偶尔，还会给自己加上一个黄澄澄的煎鸡蛋，那是老妈托人从家乡运来的，色香味的感觉立马足了很多。开着空调，想到洗完澡就可以上床看书或是聊天，心里无比宽慰。

抬头看表，已是十点。次日的中餐，在汗流浃背里完成了。

看着自己，便会知晓这个世界上有多人，呈献给世界的那一面完全相反。等车的时候，她常常想，左边气场强大的败家女，说不定会在十点给自己煮一个西红柿鸡蛋面。或者是貌似贤淑的学生妹，其实在奔赴一个 ONS 的约会。或者西装革履的精品男，其实已经在下午破产。或者那个看似劳苦的师奶，其实回家后，就有老公给她盛一碗汤。

芸芸众生，归家之后会呈现一种怎样的生活状态？辛苦的上班族，回到家后，能不能喝到一碗酸梅汤？单身的女孩子，回到家会不会给自己煮一碗皮蛋瘦肉粥？

人人都会信表面。人人都不会信表面。她已经开始在相信与不相信之间徘徊。

没有人相信，她是个会一个人在月光里洗衣服拖地板的女子。更没有人相信，她是一个下了夜班后，会一个人在厨房里忙碌到十点的女子。整栋楼，只有她的厨房有光亮。灯坏了，就在抽油烟机的小黄灯下炒菜。当然，就更加没有人见过，她是个会在菜场力拔山兮气盖世，帮着鸡鸭档的老板放一只倔犟着不死的小鸡仔的血的女孩子。手上还提着下午刚买的 fancl 面膜，七百块的思加图的高跟鞋居然踩在菜叶和污水之间。

年岁不同，环境不同，谁还能保持大学时分十指纤纤不沾阳春水的状态？如今已经变成做一千块的水晶甲也敢往洗碗池里泡。嗓门变大了，步子变快了，回公司知道装宽带的小子把自己当爷，左请又请不来维修，干脆打了“一万号”投诉他，然后看他铁青着一张脸上楼，自己再开始装好人，再装淑女，再甜甜叫他一声帅哥，再塞他一包烟，让他屁颠屁颠去帮忙。

就是这样，她渐渐地懂得何时温婉何时暴力，最后，觉得自己无比犀利。

三

没有天生的厉害女人，少妇气质是被逼出来的。

但有时候，一个人忙碌久了，还是觉得憋屈，只能同闺蜜姐姐说：最近，我觉得很辛苦，什么事情都要自己来。有时候不过是白天寂静上一天班，回到家就感觉大伤了元气。不知道在辛苦些什么，不知道在忙碌些什么，为了房贷的事情满头都是包。不敢告诉妈，怕她又给我汇钱，我不敢要，我怕日复一日地要钱下去，终有一天，会毁了我的志气。

可她说：但是我知道，你觉得过得很踏实。

没错，她觉得异常踏实，从未有过的踏实。不论是煮一碗面还是看一本书，都怀着从未有过的踏实。那是自己的日子，失意的时候煲一锅汤，认认真真洗一件衣服。或是被逼无奈，坦坦荡荡去相个亲。不骄纵，不懒惰。

生活在一座喜欢的城市，就如同睡在一个自己喜欢的男人怀里，满足与踏实。虽然有时候，会小小失落，会静静流泪，但是擦掉眼泪之后，还是会对在夜色里做一顿饭充满了一种渴望与感恩。如果青春时分不曾与寂寞和孤清战斗过，她该怎么去抵御流年带给她的恐惧。如果你真的认真看过她写的字，你会发现厨房里的那个她，要比书房里的那个她，美好很多，长久很多。

你们会发现，她对那些生姜蒜头、百姓炊烟的热爱。

你们会发现，她对那些柴米油盐、锅碗瓢盆的用心。

虽然，她的心，每时每刻都还是会被浪漫与幻想占有，虽然还是爱杂志、爱书籍、爱电影、爱音乐。虽然有时候，你还会看见她因为水表的问题，对着电话那头的物业咆哮，威胁他们不给解决就拒交管理费，因为房贷材料的问题对着银行的客户经理耍赖，死活不肯再跑一趟。但是，真正让她感觉最快乐的时候，是在厨房里煮一碗面。

因为吃饱了不想家，更因为她很热爱电话突然响起的感觉，尤其是有朋友打来问她：嗨！小雅，告诉我水煮牛肉要怎么做；是我，告诉我紫苏炖肉丸要怎么做；是我啊，青豆排骨汤要怎么做，乌鸡要怎么做？

她一本正经地问她们：你喜欢吃清淡一点儿的，还是香辣一点儿的？

她们全部在电话那头大笑，答得窝心：无所谓清淡，无所谓香辣，我喜欢吃你做的啊。

路上的
白马王子还有多远

一

离开了有人照顾的时光后，她从未一个人独自待过这样长一段时间。

从深圳回来，在超市购物，看看购物车里满满的物品还是总有冲动带着这些材料潜逃，然后直接外卖。后来，沉默，思索，安抚了一下自己小可怜儿的心，告诉她没关系的，一个人吃饭也没什么的。然后，就气宇轩昂地推着车独自结账，无比坚毅地独自拎着大包小包回家。独自哼着歌儿洗菜择菜，泡好虫草花和香菇，放进刚刚从市场买来的乳鸽，静静地坐在沙发上看一本小书，等待一锅汤的成熟与安慰。

后来，整个屋子开始弥漫香味，后来独自吃完，最后自己在昏黄灯光的厨房里洗碗。洗着洗着，居然不由自主地微笑。做到这些，她就知道自己的单身生活，才刚刚开始。

单身这些日子里，刚开始是恐惧，恐惧每天早晨一睁眼就要思索今天一天要做什么，就要恐惧自己的这个选择到底对不对——而后来，如何让自己平静而不慌乱就成了第一个被鼓励着达到的心态。三日后开始给自己写清单，从早上起来喝什么到晚上做多长时间的瑜伽，一点一滴安排妥当。将家里收拾得一尘不染，每天出门前将鞋柜边的灰尘用纸巾擦掉。

她告诉自己，房子干净了，天使就会来。

也懂得分配《风声》这样的电影，《三杯茶》这样的书籍给静夜。知道下午适合喝咖啡，晚上适合喝粥——什么时候做合适这个时机的事情，才会让人感到愉悦。也就懂得了人有时候不快，不是做错了事，而是找错了时间做这件事。

那么这个时间呢，这个二十四岁降临的时候？她相信适合做的事情是等待。静静地等待，认真地等待，不骄不躁地等待。

等待一个天使的降临，等待一朵花开的声音，等待一个成熟的自己，等待一个完美的恋人。盛装打扮，静心等待，每日清晨一丝不苟地洗脸护肤，每日白天认真地洗菜做饭，每天下午静心学习，每天晚上安心沉睡。

不是因为别的，而是当下可以做的就是这些。成熟的第一个标志，就是学会减少幻想却保留希望，善待眼下仍憧憬未来。美好的未来会到来，因为她用每一个完美的今天堆积着。

二

而闺蜜的二十五岁，也这样缓缓地到来了，完美盛开。记得那时候，她还伤心地问她：亲爱的小雅，我这么虔诚地朝奉爱情，可我的人生为什么好多伤痕？

她回答：你要好好吃饭，好好睡觉，把自己照顾好了，好男人就会来的。

她还说：去买个电热毯，去买一套冲泡奶茶的茶具，这个冬天很快会过去的。

她还说：不要着急，我们的白马王子已经在路上了。他也在找我们，只是夜太黑，他可能走错路了。很快，他就会来的。

她们就是那般坚信幸福会来，坚信这个世界上一定有一个对的人骑着白马，也在努力地寻找她们。

上天不会遗漏任何一个女孩儿，王子之所以还没有来，只是因为爱神也在挑选。丘比特要安排好时间、场景，还要送一个完美的男人给真正的好女孩儿，哪有那么容易啊！

爱神正在挑选男主角，他在安排相遇，他在编写对白。

爱神说：你要相信我在这里，王子在某处。

我过马路的时候，他正在独自散步；我买菜做饭的时候，他正在下班回家的路上；我看书的时候，他正在听音乐；我沉睡的时候，他正在做好梦。我们在这个地球上过着各自的生活，等待彼此的出现。我和他都在排着队，都在拿着爱的号码牌。不指望他能瞬间出现，内心坚定，他快要到来就好。不管是一个月还是一年，还是数年。这些日子务必好好度过。

爱神说：当遇到他的时候可以骄傲地告诉他，我不曾酗酒，不曾哭泣，不曾自暴自弃，我用一个完美的姿态等到了你。所以值得被你用一辈子的时间宠爱。

心理学家说，持续做某事二十一日，它就会成为习惯。感谢这几日。它匆匆而过，却让我在这都市里头一次真真正正地面对了自己，学会了安慰自己，控制自己，渐渐地一个人过得美好与从容。因为无人指引，只能躬亲实践，不断失望再不断希望，不断犯错再认真改错，后来发现满满都是智慧与经验。

爱神说：安然对待自己的工作，对待自己的生活，为未知的未来和未知的王子祈祷。唯有这样，当上天决定给谁幸福的时候，才会第一眼看到人间的那个女孩儿，她美丽、微笑、自信、坚强，值得一个最好的男人来爱她。

唯有这样，当最终花开的时候，上天才会说：之所以给她最大的幸福，是因为——在万千人都在等待幸福降临的日子里，只有她不抱怨不流泪，静心地等待了爱情的心花怒放。不曾因为寂寞而堕落，不曾因为孤单而放弃。

爱神说：爱要耐心等待，仔细寻找。你也好，我也好，都请继续相信爱情。无论受过多少伤害，依然昂头坚信，这个世界还有爱情。

她说：就是这份坚信，散发出了强烈的信号——瞧，你现在，不是已经微笑着躺在他的臂弯里了吗？所以我也无需急躁。

她这样想。

唯有相信，才能实现。

单身的
好日子没有虚度

一

感觉自己，是越活越不争气了。

前两年，遇上不顺心的事，尽管对人发着脾气甩着脸子给人看，碰上不待见的男人，劈头盖脸就是一顿冷嘲热讽。近些日子，却是越来越温良恭俭，对众生皆是轻言细语，只觉像个老了的孩子。人前忙碌，人后叹气，碰上来访的客户，微笑到脸颊麻木。一个小时的谈话，大人讲的都是孩子的劣迹，那些年少的脸庞垂在我眼前，带着十五六岁独有的固执与苍凉、惘然与忧伤，偶尔偷瞄我的眼神，宛若受惊的小鹿令人心疼。

我时常试图用最温婉的话语，安抚那一颗颗脆弱的心灵，最终却不知道是不是安抚了自己，因为仿佛看到了自己十五六岁的模样。最后，送走了人，转了身，就常常有眼泪快要掉下来的冲动，不知道是为了什么。

只怕是人愈大愈是见不得人事变迁。想到这些大人们此年如此逼迫孩子学着要出人头地，宛如我的母亲当年逼着我读四书五经，到了而今，每每打电话来却只是问一句，吃得好不好，睡得安不安，什么时候带男朋友回家看看……

爸爸更甚，来省城出差，因修地铁，交通万般不便却还是执意让我同他见一面。父女在餐厅点一条清蒸鲈鱼，一道牛肝菌炒腊肉，一碗高汤青菜，一壶菊花茶，静静地吃浅浅地聊——他老了，没有了往年的一脸清寂庄重，变得慈眉善目起来，开始啰嗦起成家立业。我赔着笑点着头。吃完，送他上出租车回城，他不肯，执意要同我从始发站坐公共汽车去西站坐大巴，慢慢游荡回去，我哭笑不得看他同我抢着付四块钱的车费。

怔怔地看着车远去，我掉头走掉。

想起这些，近几日总是睡不安稳。下了夜班不爱坐出租车，坐着公车缓缓静静地爬过这座城。看年轻的母亲抱着孩子在路边等，下了晚自习的年轻男孩手搭在小女朋友的肩膀上，旁边座的上班族靠着椅背熟睡。高楼耸立，华灯如同女孩的眼睛忽闪忽闪扰得人心怅然，我眯着眼睛静静地看着这一切。这是热闹。

公寓的保安会对我点头微笑，帮我刷卡开门。碰上熟悉的邻居，会在电梯里闲聊。隔壁 13 号房的女主人生了宝宝，男孩，皮肤黝黑小胳膊小腿却很结实，他祖母时常抱着他在门口乘晚凉，见我下晚班回来，会把孩子举到我面前无比怜爱地说：小坏蛋，来看漂亮阿姨啦，阿姨忙啊，要上班，没空跟你玩哦……若是不累，我会抱抱那个孩子，同他调笑一番。他仿佛已经记得我，时常会对着我无比灿烂地笑。同他戏耍一会儿，然后再将小小的肉身放回他祖母的怀里。这是烟火。

转身走回家，声控灯已经熄灭，走廊里只能听到自己的高跟鞋声，然后在小包里摸索钥匙，在黑暗里开门。日复一日地回到家就开始闭目，然后放着音乐洗洗涮涮，对着月亮洗衣服，泡沫飞起来，感觉愉悦。忙碌完后夜里总是不困，只是偶尔恍惚。看书的习惯一直没有改，即使再累，睡觉前总要瞄那么两行，方能沉沉睡去。偶尔精神好，却看到半夜，看到窗外的马路都不再传来嘈杂声，于是爬起来调高了空调的温度，裹着毛巾被站在窗边捧一杯冻奶茶，呆呆地坐上一阵，看楼下的十字路口，停着 KFC 的宅急送。再回头心无旁骛地睡去。

金鱼在吐着泡泡。富贵竹静静地待在瓶里。

这是孤清。

夜里偶尔觉得什么事情涌上心头哽在喉头，就开始怀念起友人，在夜半打电话给她们。说起旁人的脸色，工作的难题，或是一个人的发呆。这样的日子过得无比满足与无畏——摧枯拉朽地朝前进发，年纪被踩在脚下，沉沉睡去然后静静醒来，始终是一个人，无需顾忌些什么。外人在抨击着这样的状态，提点着这状态的危险，我却不觉有任何不妥。渐渐地，生活里多了许多因为单身而形成的习惯。清晨的豆浆，夜晚的真丝吊带睡裙，无比清澈地生活。这习惯让自己生出莫名的自信与坚守，不知道在坚持些什么。

二

前些日子被安排去相亲，看着对面一个由不同数字组织起来的人，年龄、身高、体重、月薪，试图告诉她以上所有的生活状态，却终于没法知晓如何说出口。有些事，永远只是饮水自知，无法分享，克制不住那些固守和骄傲——一个人生活的枝枝蔓蔓，如一个人生活的浪漫静好，数年来的珍宝一般无法轻易示人。同眼前人，不过是吃一顿饭，各奔东西，相处三秒就想走人，觉得他这个人与他坐着的沙发没有区别，都是一样闷，哪里说得起心里话？赴约的程序如同男子泡妞的程序一样了然于心，居然会觉得无趣，打哈欠，出了餐厅干脆打车去找老熟人一起去看场电影，至少熟悉、真实，有话聊。

后来，就发觉自己的心如同自己的公司，一颗心放在一间房子里，流动人口太多，更显得元老愈来愈少，亦是愈来愈难以进驻新人，愈来愈觉得朋友与情人与同事与上司都是老的好。恋旧，懒得再去“培训”谁，就爱了这些“老人们”，因为熟悉，因为习惯，所以不麻烦不顾忌，亦无须掩饰太多，就那样彻彻底底能够放轻松与随意，卸下面具，说些真话，不必心里苦脸上笑，同对面的人喝两杯清茶就觉得落了地。同他们一道，去熟悉的地方，吃熟悉的食物，对出租车报熟悉的地名，真真感觉这座城市是自己的了，自己是归属了这座城了。

慢慢地不习惯离别的日子，也就不再敢轻易说眷恋。亲朋也好好友也罢，常常想着年华停顿就好了，不必抽出与他握着的手，不必看着那些花儿飘散，你我各奔东西。爱过的人，被爱过的人，觉得有遗憾的人，统统的开始变得珍贵起来，能记起来打个招呼的就打个招呼——见不得心里又缺一块，见不得谁又只剩下个背影，不再能够一路走一路丢。只要不是想从脑海里擦去的人，就觉得你我他皆不易，懂得了所以慈悲了，大彻大悟所以大慈大悲了，常常轻轻说一句：你还好吧。

在一起或是不在一起，只要是能够见证彼此的年华。

发觉这些年，谁见证了你的酸甜苦辣，陪你欢笑过苦泪过，要丢掉这些，其实是一件最不舍得的事情。

不再轻易爱了。

因为知道自己的心随着年纪变软，轻易放手变成不轻易的事，也就不再愿意冒险。不管是谁，都舍不得看他消失，从自己的心跳左边走进茫茫人海，再见变成再也不见。知道芸芸众生，你我相逢皆是一场缘分，有缘无分的也好，孽缘良缘的也罢，都珍爱了吧。

用一场完美孤独，守护仅存的一点儿珍爱，如此才觉得是安稳了。

如此才觉得，这是单身的好日子，没有虚度。

繁华声，折煞了世人

一

如蛛丝一般复杂缠绕的房贷事件，终于在今天突然间豁然开朗。

一瞬间，以为自己会欢呼雀跃，放下电话却只是轻轻叹了口气，心里的厚厚云朵瞬间散去。为此俗务已经操了太久的心，折磨了太多的人，心境里终得一个尘埃落定。第一时间是打电话给母亲，她看了我的日记心疼得掉眼泪，如今她轻松，我愉悦，皆大欢喜。同办公室伙伴说道，我们去拜拜神吧！

在这之前，有个一直信佛的女孩子告诉我，求佛，其实也是求自己。

此话深得我心。我从来没有探索过，这世界上究竟是有佛还是无佛，但是内心相信求一个宁静与淡然，必定能够柳暗花明。合掌在观音座下走那十三圈，内心只觉是走得是轮回尘世路，怀一颗温顺之心，盼一个岁月太平。其实大多数时候，会想过要忏悔，问自己究竟在忏悔什么，我想那是一种悼念，我在悼念一个渐渐失掉的自己。

如同那些日子，为了久缠不决的房贷之事青面獠牙，打投诉电话，知晓那边也不过是拿着最低工资的客服女，无心为难，却言语间字字如针，刹那之间活脱脱一个女流氓无赖。内心纠结，讨厌那样的自己，讨厌说那些不该说的话，做不该做的事。为不该伤害的人默默致歉。

活到今天，有太多迫不得已。渐渐从一个小公主变成一个小辣妹，扒了一层皮一般。

我留恋那个失去的女孩，内心简单善良，生活柔软可亲，她会相信，不会怀疑，她愿意哭与笑，也愿意爱与痛。她不会放狠话，做狠事。

她没有壳，只有心。

可如今，她披着一件冷漠而世俗的外衣，夹杂这些眉眼之间的平和，直接映照在了生活的枝枝蔓蔓上。若是去相亲，碰上自己不喜欢的人，依然可以微笑淡定吃完一顿饭，回来不联系就是。遇上该发火的事，深呼吸一下就一切都可以再微笑重来一次。这些点点滴滴，被经营得从容静好。是，你们会说，这样好，很好，从容冷静，理智知性。

二

可是啊，有时候，我也会为今日的自己感到伤心与难过。无懈可击、宠辱不惊的背后，是一颗从容大度的心，一个正襟危坐的自己。可不再娇俏，不再可爱，少年却老成，终于不能嚎啕大哭露齿大笑，我怕全副武装之后，是别人感触到的味同嚼蜡。

是的，我终于在受伤之后，懂得那些自我保护与自我调节，可是我依然怕，我怕有一天不会再为了什么而感动；我怕有一天有人捧着艳俗玫瑰，站在我面前我却冷漠无边；我怕再也没有什么事情，让我能够尽情体验与流泪；我怕我不再像个女生；我怕我的心，如同听从了那些三流专家的养生之道，什么酸甜苦辣都不吃，长了寿却短了乐趣。

其实我还是愿意啊，愿意痴痴地哭傻傻地笑。我还是愿意看到那样的自己——当有人说爱我的时候，我会相信幸福和快乐是结局——而不是觉得这不过是新一回的始于如此欢欣与希望，终于如此伤感与荒凉。

但是如果这样全心投入，便扛不起一个人的生活一个人的爱，抗衡不了房贷或失恋这样的桎梏，生活之前的生存，亦无法做到。心太软，心太软，原谅我要用那么硬的壳保护自己。

可我还会回去吗？不，我回不去了。我就兢兢业业地守着如今的自我，虽然这并不是我想要的状态，却是最安全的状态了。人与人之间的关系不再定义为简单的爱或者恨，就那样简简单单地认识了，相处了，相熟了，或是误会了，或是告别了，都只告诉自己真真实实去体验了即可。身边的女孩子们真的不该学我吧，我是静好的，却没了灵气了。

直到今天有人问我，你还信爱情吗？

我心一惊，却点头如捣蒜，我说我相信，我一定要相信。

因为相信，会幸福些。我会将这个信念，作为最后的一点期冀放在心里。

曾经同人开玩笑说，像我们这样的女子，若是做个小三何其容易，心态够好，生活够丰富，头脑够精，遇到大婆砸门亦不会惊慌，摆着自己的美丽不屑一顾。

可只怪脊梁生得太直，脸子摆得太正，踏踏实实就过成了自己想要的一条路，也不屑于再去换取什么。凭着这几个字，也就知道了没白褪了些娇俏可爱的颜色，虽然有点儿老成，虽然有点儿淡定，虽然有点儿低调，但总算是安安稳稳人长久。在这个时间点，有这样一个态势与气场，也只怕是一种福分。有福之人不落无福之地，就当全信了罢。

时光会老，你我却情长意久

一

以《将爱》做开头。

我想去看，M没有兴趣，我表示充分理解。毕竟以我对他的了解，你让他去看这种片子还不如让他在家里打游戏。另，即便是还没看，我也能预料到这种片子铁定是不适合同男朋友去看的。他应该会皱眉，你应该会尴尬——不是么？难道女人都会对过往不忘么？

爱情进行到底以后，是什么？他与我开玩笑，说：爱情真的要进行到底了。我点头微笑。肯定他的坚持，感谢他的真挚。因为这个时候，我不知道该说一些什么样子的话，来配合这样的场景。

我于某天上午，正式提交了辞职报告。平日里看起来心腹有剑的人事主管，此时突然变得很真挚。办公室里的女人，果真没有什么坏人可言。不过全为了前途两个字，有时候，迫不得已，彼此明争暗斗一下，也算不得什么血流成河。

一时间要走，她觉得惋惜起来。办公室里铿锵的女子，平日里针尖对麦芒，到了关键时候，不是没有惺惺相惜的。与她聊，说的都是肺腑之言。按照惯例，会问我为什么要辞职，其实我也说不清楚。我与她说起，忙，时间太少，想要认真面对感情生活，想要给自己一个归宿。她当然明白我所说的突然需要很多时间来面对自己私人的生活。惋惜之余，女子相通，知晓到了这个时候，似乎有些更重要的事情等着自己去发现、去实现、去体会，升职与加薪突然间变得渺小起来，对于完全陌生的未来，此时倍感迷茫却又更加坚定。

刚进公司的时候，我刚刚离开一段感情。对于我这样的女孩子，男朋友算不得多，感情生活说少也不会有多少人信。那又如何呢？有些女子的个性生就如此，自己非要去尝试、去哭泣、去总结，然后成就一个最好的自己。二十出头为了一段不值得的感情而哭泣，总比三十出头还情商弱要好。一直以来，哪般恋爱，都懂得是感情是依靠不是依附，恋人之间要成为支撑而非负累，就这么死扛着一直走了过来，直到找到，认为合适的那个人为止。工作亦是一样，总要去尝试，去“染指”，去跳槽，摸爬滚打之后，才发现有条路刚刚开始。

当我与25+的女子说起这些，总是能够得到回音的。她们更加容易理解，当你走到一个年龄，会把事情摊开来看。工作不止是工作，感情不止是感情。生活中的各种元素交织在一起，总要忽略些什么才能偏重些什么，总要舍弃些什么才能够得到些什么。各个时期，偏重不同，放弃的也不同。处境之中，不觉得有什么，回头再看，内心戏已经足够。

你想要的，是一个平衡。平衡，才能长久。

二

十二夸我比以前漂亮。我问为什么，她说没那么毛糙了。我知道她更多指个性方面——相比从前，我更多的不是懂得了追寻什么，而是懂得舍弃什么。繁华世界去伪方能存真，弱水三千总只得一瓢饮。如此这般才知道，人生慢慢就要远行。生活，工作，感情，你，我，背着最少的行囊，才能轻松上路。

M 呢？我昨天问他：如果有天因为工作需要，我得回家一段时间，你同意吗？

他想了想，似无事人一般坚定地说：没关系，我可以去看你。

我如释重负。其实，我很怕他会说：不要走。或是沉默，然后冷战。

总有某个时刻，某个人，他会面对各种情况做出不同的决定。唯一相同的是，他会确定，无论你如何选择，他会告诉你，你是我的选择。

爱情进行到底是什么？到底，真的不是意味着简简单单结婚就完事，而是无论如何，我的未来里都会有你。你会一直，在我的身边。

在女人的一生中，我们真的会做出无数个选择。有时候，面对那个你不得已做出的选择，身边的那个人无法面对你的改变和你们的改变，进而离开。有些人，他会一直默认并且相信你的选择，并承担后果——和你一起。到后来，你们会变得默契，变得明朗，变得不再追问。要有多么大的决心，才敢去默然相爱，寂静欢喜。

闺蜜说：其实每个人生的转折点往往都在不经意间来临。

我想说的是，那些转折点，最好都要有一个人，愿意陪着你走下去。

这几日，他也有些低落。官场职场皆相通，最好的兄弟受打压，他未免想到自己的困苦。我对他说：哪里都是一样，如果不满，你就想办法离开；如果不能离开，就做最好的自己。

我知道，他也熬得很辛苦。只是，我解脱了，他却未必。

不知道为什么，会突然间发条短信给他：我们会永远在一起的吧？！

他迅速的回了：那当然，必须的。

好吧，我为此心安，并愿意为之努力。

我一直以来最渴望的事情，是看到生活的前进，而不是停滞不前。而前进，往往伴随的是选择。哪怕是暂时的选择，都会造就一个转向，或是变成一个临时的迂回，我们都知道，这是为了实现一个更好的状态，成就一个更好的自己。“80后”的我们，真的不小了。善待自己，好好生活。

如果再加一些，那就是牵着某个人的手，努力探索，认真总结，然后，等待时机去实现两个人共同的生活。相信爱情可以进行到底，相信工作总会柳暗花明，相信总有一天，会实现自我，也会实现我们。

无论如何，我都相信亦会祝福，你，我，我们，你们——终会情长意久。

你的眼睛
需要一瓶雅诗兰黛

致所有勇敢善良一个人生活和所有勇敢善良即将步入两个人生活的姑娘！

一

无论我愿意还是不愿意，跨入2011，我的二十五岁就这么明晃晃地来了。

首先不得不提到闺蜜，感谢她当年在一封邮件里给我打过预防针，让我对二十五岁充满了无比的憧憬与淡定。具体的言语我记不清了，大概的意思是，当二十五的她穿梭在社交场所的时候，头一回感觉到这个年龄是多么得棒，一点儿都没有恐惧的意思——说起话来依然娇俏，回眸一笑的时候依旧迷人。不老，所以仍然被宠爱；不嫩，所以压得住场子。

好吧。我当然知道没有那么轻松，这意味着很多的改变。比如说，我不能抗拒自己是个轻熟的女人了，但是骨子里我依然希望自己停留在十八岁。不要有鱼尾纹，不要有法令纹，不要有胶原蛋白流失，不要有毛孔粗大，不要有胸部下垂，不要有眼袋，不需要用塑身内衣才能把屁屁弄翘，不要有突如其来的怀孕等等。

最严重的，我有点儿畏惧，那些突如其来的社会责任。

这个年龄意味着当我犯错，不可以再那么轻易地被原谅。当我逃避，不能够再那么轻易地成功。我好像突然变成了一个伪成功女性，就如同杂志里煽情地说，我有了很多顶帽子，就像那个玫琳凯的广告里，白衬衣红唇的晚宴女郎，同时又是明眸皓齿的贤妻——这是社会赋予的成功女性的形象。是那么回事么，好像没有那么光鲜，却有那样辛苦。

近几个月以来，我抱怨过，惆怅过。我觉得累，因为毛毛的突然出现，让我的生活里出现了阳光，但是随之而来的，我开始变得忙碌了。在没有他以前，我是一个可以天天住在公司的宿舍里靠着饭堂大师傅养活，把整个身心无私奉献给工资的绝对白领。

而现在有了他，宿舍不住了，食堂不吃了。如同谁说的，两个人在一起，就像三条腿走路，总有一条腿，要照顾着另外一个人的步调。我每天七点起床，穿好大衣匆匆忙忙往外冲。忙碌一天，六点祈祷着准时下班。拎着小包包，高跟鞋踩在菜市场的污水之间，买好菜回家做饭两个人无比满足地饱餐一顿，然后等到他洗完碗我轻松下来，都可以睡觉了。

生活呈现出来的，是一种井井有条的务实状态，除了忙碌，没有什么大问题。

可是我依然还是懒啊，我会在早上起不来床的时候咆哮然后抱怨：我要辞职！你要养我！

我会在觉得自己没有时间考驾照的时候埋怨：我要辞职！我要抽一个月的时间考驾照！

我会在觉得老板苛刻、薪水不够多的时候继续咆哮：我要辞职！我才不稀罕那几个钱！还不够买一件衣服！

二

可是叫嚣了一个多月，我还是没有辞职。闺蜜十二姐发了条短信给我：你还没辞啊？我回：我缺乏一点儿辞职的勇气。

说到这里，我不得不夸奖一下我自己的改变，我不再是那个一冲动什么都做的小女生了。看看，这就是二十五岁的好处——学会三思而后行，永远正确的一条路。

我问过我自己，为什么要辞职？因为我无法兼顾一个即将升职的忙碌女子和一个女朋友的身份。我想要回到那种清晨起床什么都不做可以过一天的状态。说穿了，我就是懒，想当全职太太，至少不用起床早。

辞职能让我解决什么？不，我觉得不能解决。

此时的辞职意味着做逃兵。意味着，我的人生出现了一个死穴，那就是我拒绝生活状态的改变，无法处理改变应对改变，那是一个失败的自己。如果二十五岁的我此时无法兼顾多重身份，那我永远也不能兼顾了。

我得承认，随着年纪的增长，忙碌是不可避免的一种状态。我已经回不去了，如果回去，意味着倒退。一瞬间的改变必然很痛苦，但是我想我可以试着优雅地站起来，“缓缓地朝着另外一个自己徐徐前进”，那是一个未知的，也应该是个美好的自己。

我想我得学会面对与解决问题，而不是用辞职来解决所有的问题。我想要成为一个更加勇敢与从容的女人，那样，我的年纪才没有白长。

如同张雨绮因为失恋，却红了。张柏芝复出了，演的还是最强喜事。刘嘉玲如今简直就是个御姐，刀枪不入百毒不侵，淡定的始祖。明星更多的意义，是告诉女人，眼睛需要一瓶雅诗兰黛，心也是，勇气也是。

所以我决定了要继续忙碌下去。我想要试着继续当一个干练的 office lady &sweet girlfriend。

告诉自己，春天来了，天亮得早了，起床就不会这么痛苦了。

我还告诉自己，忙碌的时候，就和 M 商量着去外面吃饭不用回家做了。

我还告诉自己，我可以去报一个 VIP 驾驶课程，一人一车一教练，只不过是多花点儿钱，就可以让教练来配合我的时间了。

我还告诉自己，如果无法应对这个公司苛刻的老板——哪里没有苛刻的老板呢?

我只是想看看自己有多大的能量，能够解决多少问题，能够战胜多少问题。如此这般，我才可以在今后的今后，边接电话边烫衣服边哄摇篮里的宝宝。我才能够一边应对老板的施压，一边照顾家人的起居。人生的新境界，不是靠逃避，而是靠面对，靠开启，靠继续行走，继续应对来完成。

我希望我在这条路上，走到二十五岁之后的优雅状态。不能逃避，那些突如其来的社会责任，学会完全不找父母拿钱，学会有存款，学会理财，学会勇敢而淡定地开车。

这个年纪，我想要的状态，是不刻意优雅却与优雅相遇。

机缘同在，携手一段风雨路

一

人生中的某一个夜晚，你在某座城市推开一扇门，打开一盏灯，一个人回家，却清楚知道，这个家里你从此不再是一个人。

有一段日子，我心力交瘁。从找装修公司到开工，事事亲力亲为。我不再跟老妈打电话倾诉某些困苦某些疲惫，或是某些倦怠某些伤痛，因为到了某个年纪，父母对于你而言就是那样一棵树，他们远远地在那里成为你的依靠，你无需言语。诉说只会换来他们的叹息。

幼鸟已离巢，枝丫已老去，你想回报给他们的，仅仅是放心而已。

当决定与一个男人牵手偕老的时候，我从未想过会是这般的艰难。即使是王子公主的结合，这个世界也绝对没有童话。我不想过多言语，更不会哭泣。只是在某个夜晚，我会突然间想起自己走过的千山万水，突然间眼眶有泪。

姑娘，你要记得。所谓爱，以及携手，只是内心感受。而这个世界，依然需要你身体力行去走一趟，去流泪去探索去度过。

姑娘，你要记得。即使背后有个依靠，路也要自己走，不会有人背你走下去。你要愈来愈坚定，不然何以面对前路荆棘。

姑娘，你要记得。所谓建造一个家，就是明明会有人帮你打点一切，你依旧不会放心。你是那样迫切地想将一切事情从自己的手里流过去，感受艰难困苦，你才能确定自己在这个世界里的存在，才会感受到你自己对一个家的珍重。即使满身疲惫，也不可放弃。

姑娘，你要记得，钱不是生活的万能钥匙。到了一定的时候，你会那样珍重你手里的钱，即使每一分，你也只想把它花在它应该花的地方。所以你才会去讲价、去纠结、去选择。你开始明白每一分钱的来之不易，所以我才一遍一遍地说，不要以为嫁得一个有钱人，就从此能够省略生活之磨砺。

事业有成的男人，从来不会娶一个认为钱可以解决一切事情的女人。

二

你会不会相信我曾经一个月掉过四部手机，完全不觉心痛——直到第一个月上班，才发觉原来两千块钱的概念是一个月的工资。那代表着无数个早起匆匆外奔，代表与客户的往返沟通。从那一刻开始，你才会反省在你的不断浪费下，将父母多少个月的劳作付之东流。

那年我二十一岁，大学尚未毕业。而如今，我不再任性，不再觉得世界是错的而我是对的。而如今，我不再虚妄，不再觉得我是独一无二，值得被宠爱。如今，若是再丢一部手机，我会心痛，不会毫不在意。如今，我亦会为了被骗走的货款，双目圆瞪与人理论。

从这日起，只得依仗自己，转化身份。为人妻为人母，名分只是他给，而戏却依旧是自己唱。我不知道，我是不是真的能够圆满落幕，我只是试着努力而已。女人的人生七彩缤纷，但是你选择的路，都只能靠你自己经营。当一个人在这座城市里奔波，感觉眼里的情绪愈来愈趋于一种已婚身份。我喜欢戴着婚戒，这样，心里会踏实一些。

当然，还因为那一克拉的分量，实在是能在最疲惫的时候，给女人些安慰。

我只得苦笑：钻石有多重，责任就有多重。

我，你，我们从来不是任性的女子。

不管是婚前还是婚后，从来不会觉得世界是错的，而我们是对的。从来不会因为谁欠了我们而愤恨什么。从来不会因为谁疏于给我们的照顾，就泪流满面。

我们从来只会去适应这个世界，而非大声痛斥，让它为我们改变。

若是有人问我，两个人在一起是不是真的那么好，是不是真的值得？我会回答：不算特别好，但是不坏。我与他，本是陌路，只是恰好机缘同在，携手走一段风雨路。

这个感觉不算坏，虽然有些辛苦。从此那个二十二点依旧在厨房里，给自己准备第二日工作便当的膳房玉人，随着时光流逝了。从此有一个女子慢慢慢慢地就看起来像个少妇，在一个毛坯房里，皱着眉头与工人看图纸，确定水电插座的位置。

她看起来还比较年轻，但是比较稳重，有点儿疲惫，长得还行穿得也不赖，戴着漂亮的钻石，看起来嫁得不错，老公应该是个好人。

过去的一切终于以疲惫而结束了。崭新的一切，也以崭新而铺开。

该来的，都来了。过去的，都走了。

你觉得值得或是不值得，皆是你的选择。你问我们女人可不可以不勇敢，当爱太累梦太累生活也没有答案。最好是勇敢。但求心安与无悔，不论回报或是非。

你爱他，他也爱你，在这个生活不易的世界里。

你们各自工作，分工明确，为了钱或是鸡毛蒜皮或是什么都不为偶尔吵架，然后拥抱。有时候你觉得他不在乎然后你痛哭大骂，有时候他觉得你毛病一堆还挑三拣四。

但是你们仍在以一个家为单位的地方生活在一起，你是女主人，你劳心劳力。

这样即算是幸福了，否则便没有什么能让你相信了。

最浪漫的不是
我爱你，是还在一起

一

我决定要结婚了。

是我和 M 先生共同的决定。理由只有一个：我们都在等一个能够让对方更加好的自己。

对我而言，我从来没有那样仔细去分析过 M 先生的星座，属相，血型，虽然我曾经无数次喜欢拿这些东西来分析一个男人。

与十二眼中的先生不同，我从不会误以为他不够爱我，更不会误以为他心里还有甲乙丙。他温和、安定、心无旁骛。心底有无数个声音告诉我，他是一个温柔、宽容并值得我托付终身的人。

那时，在我已经对爱失去信心的时候，在我已经开始做早饭听音乐娱乐放松，那么刻意过好每一天的时候，他骤然出现。在很多人以为我将要走过漫漫单身的路的时候，他骤然出现。

傻憨憨的他并没做什么烟火灿烂的事，他只是在那个冰天雪地的季节让我笑了，驱散了我浑身的寒意，并且牵着我一直笑着走到了这个不安宁的夏天。在一起四个月的时候，他无比坚定地承诺要给我一个家，并坚持摒弃我要求的 50 分钻戒，坚持说：我老婆就是一百分。

求婚的理由相当霸气：我觉得我找不到比你更好的女孩子了。

可是，但是——不是没有问题的。承诺的幸福是毛坯的模样，后续还有添砖加瓦，柴米油盐，鸡毛蒜皮。

曾经无数个订了婚的女孩子哭着跟我说：我们不是不爱了，就是过不下去了。一觉醒来，从来想不起是为了些什么而吵架，再也回忆不起那些理由，可就是无限制地吵了下去，直到吵得连吵架的欲望都不再有。

有人常常问，为什么那么多女人喜欢晒幸福？

我的回答是：其实，女人最容易幸福，也最容易灰心。晒幸福不过是想要提醒自己对方依然爱自己，然后更好地走下去。

而不论是什么理由，都不要相信，那些幸福就是爱情的全部模样。没有谁的爱情是完美无缺值得谁来羡慕或是嫉妒，我们每个人的爱情都是一堂课，在那里学着怎样处理不同的问题，学着怎样坚持着走到地老天荒——前提是，如果你们依然相爱。

二

这两个月，我一直一直地在抱怨，不停地啜泣，为什么别的小俩口装修，就可以是男朋友轻描淡写拖着女朋友一路到头，到了我这里，就是一个人不断地奔波在建材市场，一个人不停地安排这个，协调那个。

为什么他的工作总是千头万绪理不清，为什么就只有他在我最需要人来管的时候，一个人那么忙忙忙，忙到我都看不懂他究竟忙了些什么。

直到门口的大爷问我是不是在为父母亲的房子搞装修的那一天，彻底崩溃。

我哭着问他：这究竟是我的家，还是我们的家。你怎么可以甩手掌柜当得那么心安理得。

其实爱情，永远只是颗钻戒，一个金灿灿的模样，用金子托起来。

至于婚姻，永远是条道路，需要携手，扶持，走过春华秋实。

年少的时候，我们很容易爱上一个人，也很容易就离开一个人。

也许只是因为他在阳光下的一个微笑，就俘虏了你整颗心；也许只是因为他抽烟或是喝酒，就让你无法忍受毅然离去。

我们会为了一句情话兴奋一晚，也可以因为晚回了五分钟的短信暴怒不已。

可是，无论愿意还是不愿意。我们终于，要走上一条学着怎么样更长久去爱的道路上。

M 先生：我是不是真的做得很不好？

我：至少在装修这件事情上，是的。

M 先生：我伤你心了是吗？

我：是。

M 先生：那你觉得我以后还可以做个好老公吗？

我：只要你有心去学着怎么当好一个老公，你就可以当好一个老公。

M 先生：那你还相信我吗？

为什么不信呢？没有人是天生的好老婆，也没有人是天生的好老公。我们用十几年的时间来学习一些无用的东西，用一晚上的时间来敷面膜，聊几年的八卦，但是谁又真的学过怎样去对待身边的人。

M 先生：原谅我，我从来不知道要怎么对待老婆，因为我从来没有过老婆。

我笑起来，他也笑，然后拥抱我。

我很欣慰。我没有因为不开心，就想要离开他。如同前两日最伤心的时候，我同闺蜜十二姐说，对我而言，最难过的事情，不是为他受累，为我们的未来而辛苦。而是我很怕，某天我会突然失掉耐心，不再爱他，不再愿意那样对他好。

十二轻描淡写表达了一句：谁的感情是一帆风顺的？修成正果的更是如此。

于男人而言，他永远不会懂女人为什么开心，为什么伤心。

区别不过是，爱你的男人，会想办法让你开心。

不爱你的，却不会在乎你开心与否。

爱你的人，会愿意和你一起，走过那些眼泪那些争吵，那些岁月那些沧桑。

然后我们进行了恋爱以来第一次彻夜长谈。谈过去，聊未来，拥抱入睡，微笑醒来。

多么好，虽然他这么不好，虽然我这么伤心，可是我们连离开对方的一丁点儿念头都没有。

最浪漫的事，终究不是我爱你，而是还在一起。

而我们，还很年轻。我们依然有大把时间去相爱去珍惜，去学习去努力。

最后的最后，你还是会如约而来

一

本来，她根本没有打算这么快就峰回路转遭遇一段靠谱的爱——她现在可以很坦然地称为爱了。

闺蜜问过她一次，你爱 M 吗？她记得当时的回答是：我说不清。

因为那时候，她真的已经分不清究竟什么样的感情可以称之为爱。那时候，还依旧有些事和有些感情，有些怀疑和有些伤痕，一直占据在她的内心。她曾经很长一段时间试图分清什么是爱，什么是依赖，什么是到了年纪必须要做的事情。

那时候的她有些恨男人。因为伤害。

和 M 认识的时候，她处在长久的空窗状态中，没有期待，没有追寻，对爱这个东西似乎完全处在一种否定的状态里。

而现在，她感谢他给她的这种安定感，已经让她真正开始忘记那种单身时候的孤独与冷清，虽然她的初衷，并不知道是不是真的因为爱他而与他在一起——单身的某段日子，真的已经不知道什么是爱，只不过是想找个人在一起，不问原因。

有时候，她在想，他们是怎么开始的。她一次次回忆那些点点滴滴。

相亲的第一次，约会是晚上六点。五点的时候她发现他是她没有交情也没什么印象的初高中隔壁班的同学，然后就死活不肯去。她母亲打电话给她做了半个小时的思想工作，她始终犹豫。

可是他发了一条短信给她，那条短信她一辈子都会记得。她想如果不是那条不温不火的短信，也许她真的不会去与他见面。他说：同学，你还记得我吗？好久不见，出来聊聊天吧？

说不清道不明的感觉，因为这条短信，她的尴尬一扫而光。那天晚上，冬日的长沙下着毛毛雨，她从西站那边的楼盘坐公车然后再转出租车，兜兜转转一个多小时去市中心赴宴。那天的她，连续加了十几天的班，疲惫不堪，穿着公司发的灰色大衣，咖啡色靴子，系着一条无比客服的丝巾，然后顶着一个客服妆容去见他。

接下来发生的事让她开始相信这个世界是有命运说的。下了车，隔老远看见一个人站在酒店的门口，她已经差不多八年未见过他，但是隔着那么远，她突然就确信起来，觉得就是他吧。然后他居然认出了她，隔着五米的距离叫她的名字。他戴着眼镜，头发因为短而竖起来，穿着一件深灰色的外套，与读书时候那个骨瘦如柴的他已经是大不相同。

她突然有种很奇异的感觉，让她的脸腾地红起来。心里有个声音：他……老公？

直到现在，她依然记得那个非常明显的声音，异常清晰地告诉她，站在面前的这个男人很可能就要立刻结束她的单身生活，甚至是终结她的单身生活。

从此她开始告诉每个女生——她们问，我怎么知道是谁呢？她说，他来了，你就知道，你立刻会知道，很神奇地知道。

那晚他们吃了大闸蟹，她记住了他非常好看的一双手。白皙修长，与他微胖的身材完全不搭，她甚至有些喜欢那双手。

他们开始和其他相亲的人一样，频繁约会，吃饭，看电影。聊天，聊初中时候秃顶的物理老师，缺牙齿的守门大爷。在同样的青春记忆里，她找到了与他的共鸣。

很多个晚上，他到她家里来，聊天，然后她送他下电梯。

当然，无可避免地，随着时间一天一天流逝，某个晚上她送他下楼的时候，他们不由自主地开始拥抱，然后他在电梯口吻了她——几乎每个人的恋情都是从一个甜蜜的 kiss 开始。

也许是那晚她对他的好感也积累到了一定的程度，她在想那一刻她的眼睛一定是亮闪闪的，充满了恋爱的神采。

二

第二天，她打电话给他让他有空帮她交物业管理费，因为她要加班，怕她下班时物管已经下班了。他一口答应。下午的时候，他回电话给她，说已经办好了。她问他你哪有时间啊?

他在电话那头笑，说他和科长请了假啊，说给女朋友交物业管理费啊。

那一瞬间她开始心疼这个男生，他如何这么肯定，敢这么快就把他们的关系昭告天下。

对于她这样的女生来说，心里不是没有防线的。她不是简单而纯净的人，在每一段爱情开始的时候，她一定会留防御与底线给自己。可是他凭着一颗真诚的心，就那样轻轻跨过了那条线。

因为在他的感情世界里，没有计谋这一说。

她们火速热恋，超速同居。他从“农民房”里搬出来，搬进她的单身公寓。她的牙刷从此有了一个伴，洗脸台上开始有剃须刀与刮胡泡，门口有男式的拖鞋。

他习惯给他妈妈打电话。那段日子，隐瞒得好辛苦。在她的床上一边搂着她，一边告诉老妈他已经送女朋友回家啦她现在在回家的路上啦。然后她在床上蒙着头大笑。

他不是擅长说谎的人，一个月以后，他终于忍不住给婆婆大人打了预防针：他们进展很快哦，她要搬家了！

婆婆大人非常淡定，随便你们快不快啊，年轻人，哈哈。

四个月后他们火速订婚。回家去的那晚，天降细雨，冻在了高速公路上。司机把车停在下高速的高架桥上，死活不敢开过去，怕打滑掉下桥去。原本只有十分钟就可以到家的路，他们整整等了三个小时，家里四个老人夜不能寐。

后来，在大巴车上，他摸着她越来越凉的手和她穿着丝袜冻得发抖的腿，下定决心说：走！我们走回家去！她与他在众目睽睽之下拎着两个人的行李，在冰冻天气里走下大巴车，朝着高架桥走去。一下车他们就差点摔了一跤，两个人赶紧把手拉紧。高速道路上的雨冻在路面上，几公里的路面全部像镜子一样滑。她戴着一条红色的围巾，把两个人都包起来，然后小心翼翼地从高架桥上走下去。凌晨两点，荒野无声，只有昏暗的桥灯下，他们俩一点一点朝着市区走去。他眼镜上都冻了一层雾气，还扮猩猩扮老虎跑来跑去的，然后把她的手捂热。

他们终于在离市区还有一公里的地方找到出租车。司机是老司机，专门在冰雪天气跑弯道景区的牛人。下车的时候，原本十块钱的车程 M 给了他几倍的钱，说：谢谢你送我们回来订婚!

现在想起来，到目前为止，这大概就是她这辈子最浪漫的事。

他不止焐热了她的手，还把她在爱情沉浮里弄冰凉的一颗心也焐热了。她原本以为她永远不会再爱上谁的。

吵架的第一次，他摔门而去，不到半个钟头又回来了。看着她哭，他也哭，还哭得泪流满面。问她，他究竟有什么对不起她？说他这辈子都没这么在乎过谁，直到遇见她。他们究竟有什么沟通不了的，要这么折腾他，要这么折磨他！他一脸专注的泪吓倒了她，从此她再不与他吵架。

她已经习惯了有这么个胖熊天天睡她旁边。他们一天一天相处到今天，马上就要十一个月，就要到他们的恋爱一周年。这些日子里，她辞职后总觉得岁月缓慢，一到夜里就睡不着觉。然后把他踹醒聊天，什么都聊，半夜里聊为什么她昨天买的苦瓜今天早上就变黄了是不是被打药了，聊为什么这几天电梯里老是臭臭的是不是隔壁家的狗狗在里面撒尿了，聊他们单位上那个女的为什么每次见到她一脸敌意是不是因为她长得比那个女的漂亮。

她突然发现，她就这么不知不觉果真终结了单身的日子，而且再也不想回到过去。

那些坚守的空窗期如果换来的是这样一个男人，她觉得真的很值得。她再也不用穿着长裙忧郁地望着天空。她喜欢挽着他的手去买菜。他们开始变成这座城市里最最普通的一对情侣，马上也要变成最最普通的一对夫妻，过着最最普通的日子，她洗完衣服他就主动跑去晾，吃完饭他就主动去洗碗。他就变成了她生活的一部分。

有时候，她会憧憬她与他的第一个孩子是男还是女。有时候会想着如果婚后面对她人生中第一次怀孕，肚子里养着她和他的孩子，好神奇，她会不会幸福地晕过去。

单身生活，出现一个人，然后他就陪着她走到现在。在她觉得最最无望的日子里，他骤然出现。没有七彩云朵，没有烟花四溅，甚至毫无预兆。她修炼甚久，以为爱是一件千回百转的事。她以为要经历多少尔虞我诈与犹豫彷徨，才能修成正果。可他没有让这些派上用场。

三

如今看起来，他不是个豪情万丈的男人，甚至连器宇轩昂都称不上。在完美主义女人的眼里他甚至毫不起眼，一米八的个头儿，有点儿胖，傻不溜秋的，事业单位上小班，中规中矩。连个有才华的男人都算不上。可是霸气侧漏一向嚣张的伪才女就是找了这样的一个人，并从此相守。

他有时候很担心局势紧张会打仗，半夜聊天说一些很可笑的话题，比如以后会不会像以前抓壮丁那样把他抓走。他担心如果哪天他被弄走了她一个人拖儿带女怎么办。她说她就回老家去等他，等他回来，只要他还活着，断了条腿回来都还能继续过日子。

有时候他们还会聊2012来了怎么办，以后城市都没有了，怎么生活。她也是一句话，他们回老家去种地。种黄瓜，种番茄，种土豆，养猪养鸡养牛羊，做最爱的土豆烧排骨。

有时候会聊，以后回老家去生孩子，生一堆，男的女的都要有。

他还问过如果她们十几岁的时候就知道自己未来的老婆/老公就在隔壁班会是怎样。她说那她肯定每天都把饭盒子给他洗。那时候他们的学校洗碗不提供洗洁精，冬天洗吃过牛肉粉的塑料饭盒那叫一个崩溃。

这些傻不拉几的事情也许永远都不会发生的居然让她写得停不了，她也想过这是为什么，结论就是，也许她真的很感激有这样一个人出现，而且他让她有一种异常坚定的相守的感觉，这种感觉与二十出头时候的激情恋爱完全不同，它更有力量，更持久，更让人觉得温暖和感动。

假如不曾遇见，她不知道还在哪里孤独犀利而冰冷地仇恨这个充满了谎言的世界，不知道是不是还在继续当她的恋爱女神和感情教主，然后还继续因为某些伤害不相信这个世界上所有的男人。

然后，她继续用文字，记录她单身的孤独和冷清。

但是他出现了，也许这就是爱的意义。

她从此予他温暖，他从此予她安定。

虽然结婚后她与他要面对更多不可预知的困境，但是在这个时段碰上他能够爱上并结婚，她觉得值了。

从今往后，她再也不是一个人了。这条等爱与找爱的道路，她走完了。

找爱也好，等爱也好，最后，他还是来了。

她的单身生活，始于过去，终于此刻。

她未来的生活，她紧紧地握在手里。

后记
人生爱情，百转流离不失所

写这篇的时候，正好有朋友喊我去搓麻将。

我想着，麻将，女人，还有故乡，大可作为女人的安慰了。季羡林说，每个人都有个故乡，人人的故乡都有个月亮，人人都爱自己故乡的月亮。事情大概就是这个样子。

对于湘楚大地的人们来说，每个人都有个故乡，人人的故乡都有张四方桌子，人人都爱自家桌上的麻将更爱麻将桌上的人。事情大概就是这个样子。

对于麻将，我本是不待见的。小时候受父亲正统教育的影响，觉得那是三教九流的东西，是对门卖米的大婶，隔壁下岗的阿姨，后街补锅的老大妈等一干无所事事的粗鄙女人们做的事情。加之那时候正读高中，文章也不错，自恃年轻才气，更加鄙薄整日只知道吃吃碰碰的女人。这等女人的男人们就更不用说，整日酒气熏天，吵吵嚷嚷，离那电视里头穿西装开着四轮儿的成功男士形象更差十万八千里。那时候，就决定要远走高飞，头也不回。

高中三年匆匆而过，之后就开始背井离乡，象牙塔里头懒了四年，再揣着一口傲气背包南下，颇有季老所说的“漂泊天涯”的味道。

后来，就如沈从文所说，“我行过许多地方的桥，看过许多地方的云，”在天堂地狱的深圳里头哭过笑过以后，才发现，自己在恰好的年纪里头爱过一个人，却没有在一个温暖的夜里，在家乡喝过一杯酒搓过一圈麻将。

原来当年，是只憧憬着阳春白雪的遥不可及，忽略了眼下下里巴人的天伦之乐。一种叫做酸楚的东西自此在归家的航班上，在出差的列车里头，开始荡漾在心头上。那就是乡愁了罢。虽然还不太明朗，但是年轻游子之心已经开始戚戚，仿佛总是梦不安好，觉得在父母家中的床上才能睡得安稳。

后来明白了外表有多时尚，骨子里头就有多传统。我们其实都是这样的女子。于是也就懂得了烟火懂得了粗鄙女人们下午打麻将晚上做饭的安然，懂得了日复一日的日子不是无聊，而是，那就是日子。那就是日子本身。于她们，那是一圈圈的岁月罢了。

问问你自己，是不是也是转了一大圈，最终还是想要回到烟火里头的女子？即使你是念着洋文，在外企里头穿着 Ports 套装的女子——最终还是要买房子，嫁男子，生孩子，坐月子。然后在某一天，搓着小麻将，鱼尾纹里头满是烟火人生。

纵使游遍大江南北风光旖旎又怎样？纵使看过许许多多的月亮又怎么样？纵使周游过列国怎么样？回到家乡的火炉旁，家乡的麻将桌上，亮上一盏昏黄的灯，为着不是输光身家而是小赌怡情搓两圈麻将。若不曾与哪个亲戚为了一张牌纠缠过吵闹过玩笑过，不能算作是团聚过。

而我们，都是不愿放过这个民族里头的任何一种传承的。其实我们永生永世是这个民族的女子，是妖娆在这个民族的烟火尘世里头的女子。我们愿意搓着这一桌故乡，吃着糯米腊肠，碰着装满二两甜酒的瓷杯，在某天抱着胖孩子，戴着玉镯子，站在老公旁边大着嗓门筹谋让他切记逮住了柴米油盐里的筒子条子，然后就自摸了这一片大好人生。

而这样的好日子，是不是马上就要到来了？

而这样的好日子，你是不是仍然在追寻，在等待？

从二十二岁大学毕业到如今，从幼嫩到成长，从浮躁到淡定，从单身到相亲，从孤单到温暖，你用了多久。

我是一个逃离了北上广的女孩子。你呢？

我忧伤过、放弃过、桀骜过、痴迷过、追寻过、迷茫过、埋怨过、绝望过。在爱的笑泪嗔痴中发现，回到原地，愿意放下桀骜，立地成婚。你呢?

我想我已经找到了自己想要的人生——亲爱的,那你呢?

无论如何，我会用这些字句，替你纪念那些青春岁月里你的哭与笑，你忘记了的那些青春，你忘记了的那些人。

请记住我和你灿烂而热烈的单身岁月。

请记住我和你同样美貌而辉煌的青春。

唯有这样，我们才可以无怨无悔，重新开启新的旅程。

艾明雅

80女，专栏作者，先后混迹于敏思与豆瓣，爱在浮华里凑热闹，也爱在淡泊中觅真理。身为湘女，她既犀利又温婉，常以文字为广大豆瓣女解闷或疗伤，现居长沙。她觉得，女人的故事，爱也爱得值得，错也错得值得，遂记录，以供自省和她省。

关于本书

豆瓣80女艾明雅以自己和闺蜜的经历、经验，讲述男女、女女之间细密的情感纠葛，以及男女困惑之后，女人与岁月和生活之间的旷古对抗。其中《最后的最后，你才成了那个最好的人》等文章，曾在网络引起轰动，传阅于广大未恋、已恋、失恋、再恋豆瓣女之间，既温婉又犀利，解闷时可以捧腹，疗伤时能够暖心，被奉为文艺女青年最佳情感指南。